和泉《いずみ》真理《まさと》

副院長にして外科のスペシャリスト。
やや曲者。
別名:東都の帝王。

和泉《いずみ》聖人《まさと》

内科医。院長の四男坊で、院内を仕切る副院長の弟。
通称:キヨト。
【関連作】
『PURE SOUL
〜白衣の慟哭〜』

清水谷《しみずたに》幸裕《ゆきひろ》

外科医。黒河が指導し、現場で手塩にかけて育てた若手外科医の筆頭。

渡《わたり》　紋子《あやこ》

胸部心臓専門の外科医にして、院内一の美女。普通の男以上に男前。

浅香《あさか》　純《じゅん》

元黒河のオペ看で、現在は外科医を目指して勉強中。医師免許あり。
【関連作】
『PURE SOUL
〜白衣の慟哭〜』

杉本《すぎもと》

眼科医。一度見たら記憶に残るハンサムガイ。かつてホストをしていた。

CONTENTS

CROSS NOVELS

CONTENTS

Ecstasy

〜白衣の情炎〜

CROSS NOVELS

1

二月も半ばのことだった。

ちらちらと雪が舞い、底冷えのする都会の夜。同期の男二人は珍しく同じ時間に仕事を終えたことから、勤め先からほど近い六本木《ろっぽんぎ》のプールバーへ立ち寄った。

雑居ビルの地下にあるその店では流行《はや》り廃《すた》りのないジャズやポップスが流れ、キューが球を弾く音が心地よく響いて、古き良き映画のような時代が味わえる。

男同士で気兼ねなく酒や煙草を愉しめるムードが好まれるのだろう、店内にはカップルよりも仕事帰りのサラリーマンたちが目についた。

ときおり聞こえてくる雑談も仕事に絡んでいる内容が多く、まるで会社の談話室のような使われ方がされているのが、この店の特徴だ。

「――――誰が使えるって聞かれたら、やっぱり若手の中じゃ清水谷《しみずたに》と浅香《あさか》がダントツだろうな。研修医の時代から、何でも屋の黒河《くろかわ》に鍛《きた》えられてる清水谷は、幅が広くて肝が据わってる。そのくせ顔も当たりも柔らかいから、誰にでも好かれて、仕事運びもスムーズだ」

二人も一勝負しながら、職場の延長話に花を咲かせていた。

「一方浅香は、さすがオペ看上がりとしか言いようがない。あいつが立ち会うと、現場の看護師たちの動きが数段よくなる。どう動けば医師が楽なのか、また看護師が動きやすいのかを熟知しているから、指示の出し方が的確で思いやりがある。看護師たちが気持ちよく動いてくれるから、結果的に医師のほうも気持ちよく動けて、こんなにいい結果はない。あいつがいっぱしの医師になるのが楽しみっていうよりは、すでに怖いぐらいだよ。あいつが経験した看護師っていう仕事は、医師にとって決して遠回りではないっていうのを、身をもって教えてもらった気がする」

ロックグラスを片手に話をしていたのは、東都《とうと》大学医学部付属病院に勤務する外科医、池田《いけだ》弘樹《ひろき》。そして彼の話に相槌《あいづち》を打ちながらプレイを楽しんでいるのは、同じ外科医の黒河療治《りょうじ》で、誰もが認める東都医大のエースにして天才外科医の名をほしいままにしているセクシーでハンサムな男だ。

「いいことじゃないか。若手が育つ、腕を上げる、イコール俺たちの仕事が楽になるってことだ」

何をやらせても器用な黒河は、この手のゲームにも強かった。いったん順番が代わると、なかなか戻ってこない。そのため、どうしても会話の主導は池田になってくる。

しかし、それが同じ男として、医師として、悔しいとか腹が立つのかとか言えばそうではないから、池田も参っていた。

普段人一倍仕事熱心で、自身を酷使しがちな黒河だけに、彼が仕事外でのんびりしているのを見ると、単純にホッとしてしまうのだ。たまにはこういうことがないと、息も抜けないと思えて。

そうでなくとも彼が同棲している恋人・白石朱音《しらいしあかね》は現在癌の再発防止治療中だった。

となれば、自宅に戻っても黒河はきっと医師のままだろう。

どんなに甘いひとときを過ごしていても、百パーセント気を許していることは、おそらくない。

「ははは。自分から好んで多忙を極めてる奴に言われても、説得力ねぇな。むしろ、お前が楽な仕事に走ってくれるなら、俺たちも煽《あお》られずにすむのに。安心してられるのに、そういう兆《きざ》しがまるでない」

同期でしかも同じ外科医とあって、出会い当初は池田も黒河の実力に嫉妬した。

何も、ルックスだけでも生きていけそうな男に、こんな才能をやる必要がどこにあると、天に向かって不満をぶつけたくなったときもあったほどだ。

だが、世間の評価に甘えることなく、驕《おご》ることのない黒河の仕事や人命に対する真摯《しんし》な姿勢を間近に見続けるうちに、池田のほのかな嫉妬は強い憧《あこが》れに変わった。

今では同じ外科医として、崇拝の域に達したと言っても過言ではない。

〝神からは両手を、死神からは両目を預かった男〟という異名さえとる黒河の手術は、それほど卓越した神技なのだ。

これればかりは、キャリアや努力では補えない天分によるもので、それにもかかわらず、それ以上に彼が努力家で献身的であることが、同僚の嫉妬さえ崇拝に変えてしまう一番の要因だった。

男が男に惚れるというのは、きっとこういうどうしようもない気持ちを言うのだろうと納得してしまい、池田も何度苦笑したかわからない。

それこそ今にしてみれば、なぜ五歳下の浅香純《じゅん》という研修医が、一度は手術室専門の看護師という職に道を変えたのかがわかる。

自分を観《かえり》みずに仕事に没頭してしまう黒河の手足となって、サポートがしたい。彼にベストな仕事をさせたいという一心だけで、いっときとはいえ人生さえ変えてしまったのが理解できるほどだ。

と同時に、黒河という天才を手に入れた病院側が、まだまだ三十代の彼をどうして外科部のエースとしているのか、また本来なら自分がエースとして君臨していておかしくない年齢の元外科部長、現在副院長を務める和泉真理《いずみまさと》が、早々に世代交代を宣言し、現場からは一歩離れたところで若手の育成に力を入れているのかも納得がいく。

すべては黒河療治という外科医を、東都医大のカリスマにするためだ。

そうすることによって若手には希望を与え、中堅には刺激を与え、ベテランには気の引き締めと更なる向上心を与えるために、彼は院内で象徴的な医師として、祭り上げられているのだ。

「頼むから自主規制してくれよ。ぶっ倒れたお前を見るのは、もうこりごりだ。今となっては監視してくれる浅香が傍《そば》にいないんだから、自分で気にかけてもらう以外方法がないんだからな」

できすぎた男に課せられた責任や期待は重い。

それを苦もなく笑って受け止め、応え続ける黒河の存在は、重い上に大きい。

池田は、滅多に二人きりになることがないからこそ、今夜は本音をぶつけた。

自分がフォローに回れる立場にないだけに、せめてもの願いとして、自愛だけは忘れてくれるなと言葉に出した。

「そうでもないぞ」

池田の心配が照れくさかったのか、黒河は笑いながら球を撞《つ》いた。

球と球のぶつかり合う音が心地よく、白いボールは三番を突いて七番にぶつかり、二つを左右のポケットへと綺麗に落とした。

「あん?」

「浅香の奴が、外科の看護師長と外科部長宛に、黒河の正しい使い方みたいなレポートを提出したらしくてな。そろそろ限界かって手前で、上手く帰されるようになった」

黒河は、次の四番を狙うべく、手にしたキューの先端に滑り止めのチョークを当てながら、球の角度を確認していく。

「は? 正しい使い方だ?」

ロックグラスを片手に、脇に置かれたハイチェストに腰掛けていた池田は、思いもよらないことを聞いて、グラスを滑らせかけた。

「そ。なんでも、手術の難易度とかかった時間からポイント制で加算されてマックスが十。休憩時間に摂取する糖分の量からも疲労度を読まれてポイント加算がされて、八程度のところで絶対に帰宅。長丁場させたければ、ポイント五~六の段階で最低三時間の仮眠をさせれば、マイナス一、二ポイント程度は下げられるらしいが、どっちにしても二日以上は院内に引き留めるなだと。そうでないと、欲求不満でポイントマックスになるから、そこを一番注意だってよ」

「ぶっ!! なんだよ、それ」

堪《こら》えきれずに噴き出す。

グラスに口をつけていなくてよかったと、池田はしみじみ思った。

「こっちが聞きてぇよ――――あ」

さすがに気が削《そ》がれたのか、黒河が球を外した。

狙った四番をスルーして、近くに置かれた六番を弾いてしまい、ゲームは終了。すこしふて腐れた顔で、池田と代わった。

「でもま、確かに正しいお前の使い方だな。最低でも二日に一度は家に帰すほうが、白石さんのためにもいい。できることなら一日一度は帰るのがベストだ。独身時代とは違うんだから、仮眠を取るにしても、自宅のベッドに限るって」

池田はグラスをテーブルに置いて、キューを持つ。

大柄でがっしりとした体格に凜々《りり》しい顔つきは、医師というよりはスポーツ選手に見えた。着る物によっては、極道ふうに見えなくもないが、彼から負や悪といったオーラはまったくといってよいほど感じられない。

「白石さんに頭の一つも撫でてもらえば、ポイントもリセットされるだろうからさ」

「お前までその言い草かよ」

「――――ははは」

池田の広い肩幅に締まったウエストラインは、白衣を羽織った院内着よりも、普段着のときのほうがよく目立った。

スラリとしたセクシーラインを持つ黒河とはひどく対照的だが、硬質な男らしさを求めるなら池田の肉体美は完璧だ。

健康的で清潔感のある笑顔も彼ならではの魅力で、捨て猫、捨て犬を懐かせたら、院内でも右に出る者がいないと言われるのが、この池田という男なのだ。

「ところで、そっちはどうなんだよ」

黒河は池田の姿を眺めながら、ふいに尋ねた。

「何が？」

「紋子《あやこ》とはどうなった？　実はもう付き合ったりしてんのか？」

黒河が聞いた紋子とは、二人と同い年の胸部専門の外科医、渡《わたり》紋子のことだった。

父親が整形外科の部長を務める大物であると同時に、紋子本人が気丈で才女な上に姐御肌《あねごはだ》な美女とあって、なかなか浮いた噂は出てこない。本気で口説いた男が現れたという話も耳にしないが、そんな紋子と池田が意外に気が合うのを黒河は知っていた。

時間が合えば一緒に帰ったり、昼食のときも同席したりしている。

どちらかと言えば、池田がいいようにあしらわれているようにも見えなくはないが、それでも辛抱強くて大らかな池田なら、彼女のすべてを受け止められる。案外、公私共に互いを補えるカップルなのではないかと思えて、黒河は話を切り出したのだ。

「は？　どっからそんな話が出てくるんだよ。確かに紋子とはいい関係だぜ。まるで俺とお前みたいに」

しかし、それは呆気《あっけ》なく否定された。

こんなにわかりやすい例えはないだろうというぐらい、彼女とは男同士の友情のようだと言いきられて、黒河の予想は見事に外された。

「なんだよ。まったく色気なしか。もしかして、まだ清水谷に惚れてるのか？」

あまりに見事にスルーされてしまったので、ついつい話を突っ込んだ。

先ほど話にも出てきたが、清水谷は黒河が指導医を務めている若手の外科医の一人だった。

男性にしては繊細で清麗でとても人気のある美青年だが、現在は同棲している恋人がいる。

いつの頃からか慕っていたらしい池田が、まともに告白もできないまま諦めた相手だっただけに、未だに心残りだったのかと心配になった。

何せ、清水谷が一度は別れた男と復縁したのは、もう三年も前のことだから。

「いや。そういうのはないな。あっちは二枚目俳優とは上手くやってるみたいだし、よかったよかったって感じで見てるぜ」

特に隠す必要も感じていないのだろう、池田はこの話にも顔色一つ変えずサラリと答えた。

肝心のゲームにもきちんと集中していて、まずは四番ボールをスムーズにポケットへ落としている。

「いい人すぎるんじゃねぇの？　少しはガツガツいかねぇと、逃した魚は大きいの連続になりかねねぇぞ」

黒河はテーブルに置かれた自分のグラスを手にすると、何やら不満げに絡んでいた。

「逃す以前の問題だよ。最近そういうのに縁がない。欲もねぇな」

独り身なのが問題とは感じていない池田は、ただただ笑って受け流すだけだ。

「いや、意識そのものがいかないって言ったほうが早いか。紋子じゃねぇけど、仕事以上にグッとくるもんがないだけさ。そうじゃなくても、俺の周りには魅力的な医師が多すぎる。目移りする凄腕の同業者が多すぎるからな」

「それとこれとは別だろう?」

それにしても、珍しく私用で絡んでくる黒河に、池田はどうしたのかと思った。

「器用じゃねぇんだろうな。単純に」

「そうか? 俺からすれば、世の中見る目のないのが多すぎるんだろうな。お前みたいな男が放っておかれるのが、不思議でならない。ってか、不満だ。お前ぐらい居心地のいい男は、そういない。もったいねぇよ」

そういうことかと知らされ、何やら照れくさくなる。

「ふっ。そう言ってくれるのはお前ぐらいなもんだろう。けど、俺を含めて院内の男共が、職場恋愛もできずに独り身で泣いてる原因の大半は、そもそもお前のせいだと思うけどな…、あ」

手元が狂って、ボールは五番ボールをスルー。

「なんで?」

「聞くか。お前がさんざん食い散らかしたからだよ」

「したか? そんなこと」

池田はキューを片手に台から離れると、ふて腐れ返して、ゲームを交代した。

「したした。なんなら俺が知ってる限り、白石さんにバラすか?」

からかうように、そして動揺させるようにニヤリと笑う。

「ぶっ殺されるからやめてくれ。付き合う前の話とはいえ、あいつは笑顔で根に持つタイプだ。綺麗な顔して、けっこう怖いんだぞ。今度はどんな写真をいっせいメールされるか、わかったもんじゃない」

こうなっては、ゲームどころではない。

それでもどうにか勝敗をつけようと、黒河は五番ボールを狙って構える。

「あはははっ。東都のエース、若き天才外科医も奥方には形なしだな。そういや、傑作が何枚も来たよな、これまでに。うさ耳がついた帽子を被ったやつとか、タキシードコスプレとか。もう、執刀前に送られたときなんか、笑いすぎて手が震えたぐらいだもんな。今では白石さんからのメールは、絶対に執刀前にはチェックしないことに決めてるよ」

「お前もあいつのいっせいメールの中の一人だったのか」

思い出し笑いにしては豪快なそれに手元を狂わされ、黒河もボロボロだ。撞いた白玉は五番の隣にあった八番にぶつかり、呆気なく交代になる。

「たぶん、院内でお前がかかわってる奴らは全員面子《メンツ》じゃねぇの？　俺が笑い転げてたときに、いろんなところで同じ現象が起こったらしいからな」

「最悪だ――――」

それでもダメージは黒河のほうが大きかったのか、池田は楽に五番と八番を同時に左右のポケットに落として、エイトボールと呼ばれるゲームを終了させた。

「なんのなんの、ますます人気上昇だぞ。黒河先生可愛い！　って」

「ふざけんな」

「と、そろそろ行くか。白石さん、帰宅時間だろう？」

店内に飾られた古くて大きな置き時計の針は、八時半を回ったところだった。

「あ？　別にまだいいぞ」

たまの遊技、飲みで切り上げるには、まだまだ早い時間だ。

店に着いたのが七時を回った辺りだったとはいえ、二時間も経っていない。黒河は、片付け始めた池田に待ったをかけた。

「いや、俺もたまにはゆっくり寝たいからさ」

「一人でかよ。なんなら家来るか？　朱音も喜ぶ。明日休みだし、三人で飲み明かしも悪くないだろう」

気を遣われていることも気になったが、もう少し池田とプライベートな時間を過ごしたいのもあったのだろう。黒河にしては、強引な誘いだ。

「馬鹿言えよ。お前と一緒にいたら、絶対に休みにはならねぇって。人手が足りないのを口実に、救急に呼ばれるだけだからな」

「それもそうか」

とはいえ、それを言われたら納得するしかない。池田も日頃からハードワークなのは変わらない。黒河は、自分もキューを片付け始めると、引き上げる用意を始めた。

きっちり割り勘で支払いをすませると、心地よく店の外に出た。

「じゃあな」

「おう。またな」

外では雪が、まだチラチラと舞っていた。

傘を持たない黒河が白石と住んでいるマンションは、ここから徒歩で十分程度だった。

それに対して、やはり手ぶらだった池田は中目黒《なかめぐろ》にある病院の独身寮に身を置いているので、黒河と別れると地下鉄の駅を目指して、六本木の街を歩いた。

繁華街に入ったところで、着込んだ革のコートのポケットから携帯電話を取り出す。

「もしもし、池田だけど。あ、浅香か？　今夜はどうだ？」

かけた先は、勤め先の救急内線。電話に出たのは、池田がゆくゆく脅威だと漏らした研修医の浅香だった。

浅香は清水谷と同期だけに、外科医としては出遅れた観があった。

だが、あえて遠回りをしただけの実力と知識は、ずば抜けたものがある。

最近まで池田が指導医として面倒を見ていたが、今は自らを鍛えるために一番厳しい救急救命部に身を置き、研修と仕事に励んでいる。

「そっか。あ、もしも人手が足りなくなったら、黒河じゃなく俺に連絡寄こせよ。あいつじゃなきゃ無理だってレベルでも、富田《とみた》部長に言って、副院長や外科部長を叩き起こせ。今夜は海外出張帰りの白石さんと、一週間ぶりの対面らしいから。そこんとこ、頼むな」

池田は、浅香が相手だったことから、気兼ねなく黒河のことを頼んだ。

そして快い返事をもらうと、少しホッとしながら街中を歩き続ける。

『末期寸前の肺癌からの生還。五年生存率は25%。すでに術後、十五ヶ月が過ぎている。俺にできることは、予防治療とこんなことぐらいだ』

ふと、冬の澄んだ空を見上げて、黒河の恋人のことを考えた。

癌に冒された白石の右肺を切除したのは、他の誰でもなく池田だった。

本当なら黒河自身が執刀を望んでいたが、病院内の禁令で、外科医が身内の手術を行うことはできない。それを示すような過去の事例として、軽い盲腸の執刀であっても、院長は息子の副院長ではなく研修医時代の黒河に執刀させている。そして副院長もまた、当時自身が指導医を務めていた研修医に執刀させているのだ。

だから黒河は、池田を選んだ。

自分が自分の命より大事に思う存在を、自らの希望で池田に託し、また託された池田は清水谷や紋子と共に、白石の手術を成功させた。

その後は主治医として見守り続けている。

『けど、白石さんにはどんな抗癌剤より、黒河との時間のほうが良薬のはずだ。神と死神に愛された男の傍にいるほうが、病魔もケツ捲《まく》って逃げるだろうからな』

そんな経緯があるだけに、池田にとっても白石は気になる患者であると同時に、かけがえのない友人の恋人だった。

できることならずっと幸せな二人を見ていたいし、惚気《のろけ》としか思えないメールも貰い続けたいしというのが、池田のささやかな願いでもある。

しかし、そんなことを考えながら歩いていたときだった。

「て、嘘だろう!!」

その事故は、池田の目の前で起こった。

「叶《かなう》くんっ」

「叶!!」

目にしたのは、三人の男が何か揉めているところだった。

二人が争い、一人が仲裁に入っていたようだが、その弾みで路上に弾かれ、走向中の車の前に飛び出した。

次の瞬間、急ブレーキの音と同時に、バン――――という衝突音が周囲に響き渡った。

路面が凍りついていたのか、ブレーキが役に立ったようには思えない。撥ねられた男の体は一瞬宙に舞い、路上に叩きつけられて、動かなくなっている。

「どけ!!　無闇に動かすな。俺は医者だ。誰か救急車を!!」

池田は、叫びながら倒れた男のもとへ走った。

すぐにできていた野次馬の人垣を押し分け、被害に遭った男の脇に膝を折る。

「――――っ…、清水谷!?」

池田はその男の顔を見るなり、驚愕《きょうがく》した。

『いや、違うか。別人か…。それにしても、出血がひどくて、状況が判断しづらいな』

よく見れば見間違いだとすぐにわかったが、それでもいつにもまして鼓動が激しくなったことに変わりはなかった。

知人に似た美しい青年が、無残な姿で横たわっている。その事実だけで、池田の焦《あせ》りは大きくなっていたのだ。

「大丈夫か？　気をしっかり持てよ。すぐに病院に運んでやるからな」

池田はその場でコートを脱ぎ、中に着ていたセーターをも脱ぐと、その下に着込んでいたワイシャツを脱いで、力いっぱい引き裂いた。

裂かれたシャツを包帯代わりに、この場でできる限りの応急処置を施し、救急車を待つ。

「それまで、少しだけ我慢しろ」

意識が朦朧《もうろう》としてはいたが、相手には池田の声が聞こえたのか、閉じられた瞼《まぶた》を幾度か震わせた。

池田が脱いだコートを身体にかけてやると、形のいい唇がほんのわずかだが笑みを浮かべた。

「大丈夫だから。な」

ようやく救急車のサイレンが聞こえてきた。

人々がざわめく中、池田は相手の手を取り、そして握り続けた。

「池田！」

すると、到着した救急車と同時に、駆けつけてきた黒河の声が響いた。

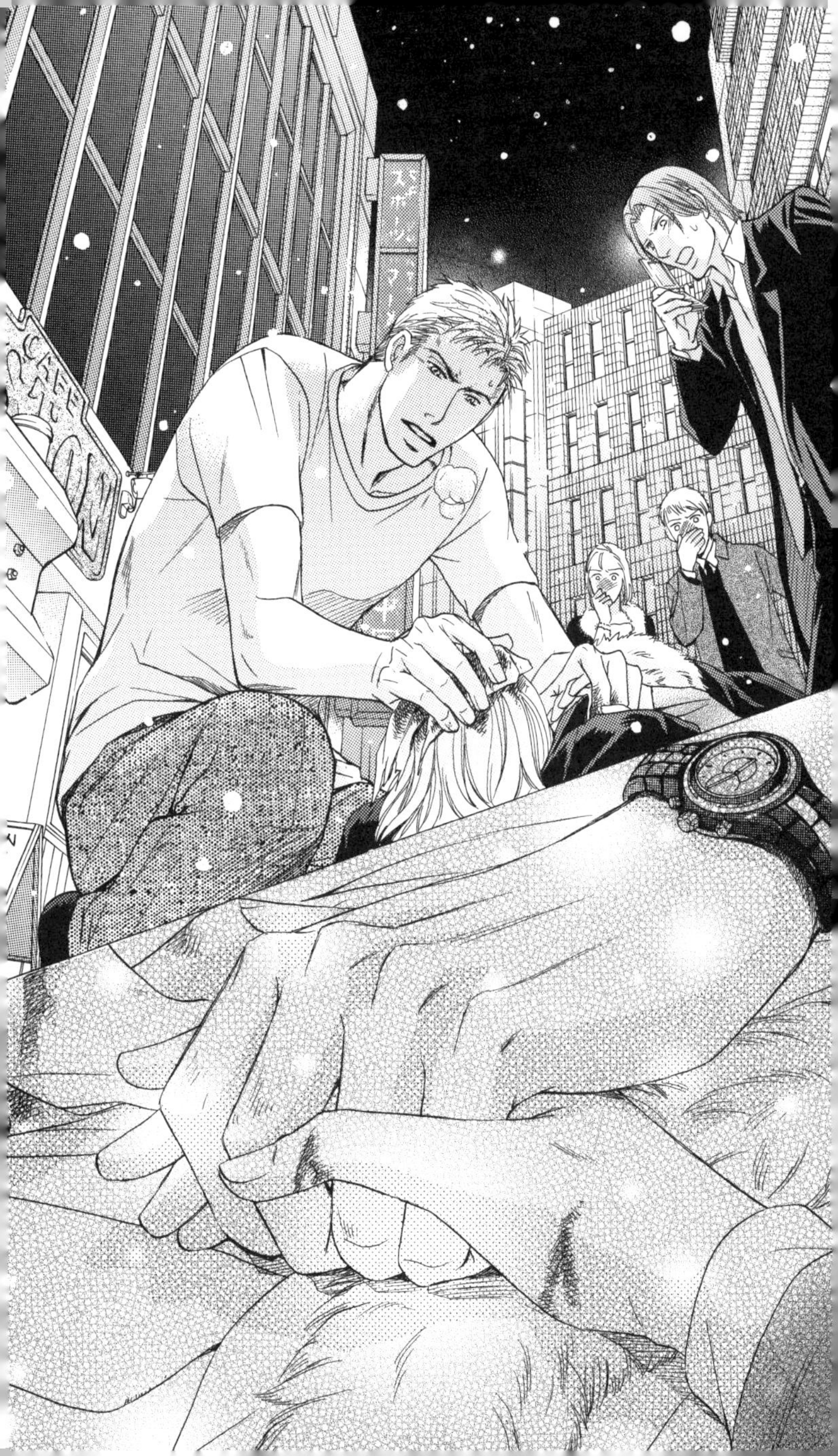

『あっちゃ』

これでは気を回した意味もなくなってしまったが、池田は相手の手をきつく握りながら、微苦笑を浮かべる。

「お前、運がいいぞ。絶対に助かる」

池田に絶対の自信を持ってそう言わせたのは、誰もが認める天才外科医の存在。池田自身が心酔している、神が人の世に与えた医師の存在に他ならなかった。

＊＊＊

行きがかりとはいえ、池田と黒河が同乗することになった救急車は、迷うことなく六本木から広尾《ひろお》へ走行した。

的確な指示のもとに受け入れ体制が整えられた東都大学医学部付属病院に到着すると、患者は救急救命部で処置をされ、数時間後には無事ベッドへ移された。

「あの当たり方だからな、下手すりゃ衝撃だけで、内臓までやられてる覚悟はしてたけど。彼は運がいいわ。武道で受け身でも習ってたのかってぐらい、上手く転がってたみたいだ。肋骨三本にヒビが入ってはいるが、内臓は傷つけてなかった。左の大腿骨の骨折と右手首の骨折、裂傷と神経の損傷は痛手だが、右足と左手は打撲だけですんでる。他にも全身まんべんなく打ってはいるが、致命傷になる怪我が一つもない。これって奇跡だろう？」

「――――だな。出血が派手だった頭部にしても、応急処置が早かったから大事には至ってない。ぶっちゃけ頭皮を切った程度で、今のところの検査じゃ。異状なしだ。まあ、ところどころ縫った痕は残るが、それでも全治一ヶ月ってところだろう。場合によっては、もっと早くに出られるかもしれない。お前に聞いた事故状況からしたら、恐ろしい強運だよ。俺もびっくりだ」

「だよな。世の中って不思議だよ」

事故の衝撃による怪我は決して軽くはないが、それでも命に別状はないと判断されたため、朝まで救急で様子を見てから一般病棟に移ることも検討されていた。

が、そこで待ったをかけたのは、看護師からの報告だった。

「患者の名前は、来生叶《きすぎ》。二十四歳。職業はイラストレーターで、先ほどまで同行していた知人というか画商が言うには、今売り出し中だけにマスコミの注目度も高いそうです。今後取材や記者会見を求められることが否めないので、そこも合わせてよろしくお願いしますとのことでした」

当院には個人の希望や病院側の判断で入ることができる、特別病棟があった。

一般病棟とは別棟にあり、各個室が最低でもバス・トイレ付きの１ＬＫ仕様なこともあって、ＶＩＰルームとも呼ばれる病棟だ。マスコミ対応が必要な患者であれば、確かに一般病棟には不向きと判断されて、移動するなら特別病棟になる。

とはいえ、

「イラストレーター。知ってるか？」

「趣味の範囲外だ。まったくわからん」

「俺もだ」

救急救命部の一角で話を進めていた黒河と池田は、顔を見合わせると首を傾げた。

周りを見渡すも、反応する医師も看護師もいない。

「来生…来生、叶…。あ、もしかしてあれを描いたレーターじゃないかな？　うちの小児科病棟の入院案内パンフレットの表紙に使われている絵。去年新しいのに作り替えられたときに、へーって思ったんですけど。ちょっと、待っててくださいね」

すると、一人の医師が思いついたように、声を上げた。

急いで院内のパンフレットを取りに行ったのは、たまたまこの場に居合わせた眼科医で、杉本《すぎもと》という男だった。普段から外科とはかなり離れた場所で仕事をしている男だけに、池田や黒河とはあまり交流がない。

だが、一度見たら記憶に残るハンサムガイだけに、顔と名前ぐらいは一致している。白衣を纏いながらも、どこか軟派なムードが漂う茶髪に洒落《しゃれ》たブランド眼鏡が、東都職員の幅広さとルックスのよさを実感させる。

「ほら、すごく綺麗で優しいでしょう。油絵なのに不思議なほど透明感があって、色味もパステル調なんですよね。評判いいんですよ、子供たちや親御さんにも」

杉本はパンフレットを手にして戻ると、少し興奮気味にかざして見せた。

「へー。大学病院の毒々しさがまったく感じられないな。ってか、メルヘンだ。幻想の世界だな」

描かれていたのは、満月の夜に深い森の中で身を寄せ合う二頭のユニコーン。

こうして見ると、確かに何度か目にしたことのある絵だとわかる。

作家名など気にしたこともないが、優しく柔らかなタッチで描かれた繊細な世界は、一目で記憶に残るだけの何かがあった。

ありがちなモチーフのように思えて、心にすんなり入ってきて出ていくことがない。

それが来生叶の世界であり、イラストレーションなのだ。

「ふむふむ。確かに、へーだな。しかも描いてる絵を本人が裏切ってないところがすごい。これだけ神秘的な絵をあの美青年が描いたとなったら、そらマスコミも食いつくわ。どっちに値段がついてるか、わからない感じだけどな」

池田はその絵に来生の姿を思い浮かべると、ただただ感心の声を上げた。

月光の中で寄り添う真っ白で美しいユニコーン。だが、それを描いた本人のほうが数倍も美しい気がして、つい失礼なことも口にした。

すると、池田の感じたことが、あながち間違ってないことを杉本が説明してくれる。

「あ、それ、そうとう言われたみたいですよ。本人のルックスがいいから売れたとかって、誹謗《ひぼう》中傷囂々《ごうごう》で。しかも、彼は絵が売れるようになるまでは、クラブホストをしていたらしくて、その職歴だけでも、何かとスキャンダルを書き立てられるらしいですから」

「ホスト？　似合わねぇな」

「客に騙《だま》されるのがオチってタイプにしか見えないがな」

三人の会話に、周囲の者たちも自然と耳を傾ける。

多少距離はあっても、同じ室内には来生が横たわっているのだが、それさえ忘れて、誰もが彼らの話に夢中だ。

「当たりです。客に騙されることはないにしても、トップテンには入ったことがなかったそうです。まあ、そもそもレベルが高い店だったっていうのもあるみたいですけど。どんなにマスコミが躍起になって取材しても、ホストとしてはいつまで経っても色気が出ない、真面目すぎるというか、頑張ってるアルバイターみたいなところが抜けなかったので、万年ヘルプで終わったっていう話しか、得られなかったらしいですから」

「しっくりくるな」

「ん。そんな感じだな」

黒河と池田がうなずくたびに、周りの者たちもうなずいている。

「でしょ。ただ、店のスポンサーがたまたま彼の描く絵を気に入って、ハウスボトルのラベルに使ったところ、すごく評判が良かったらしいんです。それで、今の彼を売り出した画廊のオーナーの目にとまって…、みたいな経緯があったらしくて。同業者の中ではホストドリームとして、語り継がれてますよ。その傍《かたわ》ら、よくも腰掛けで一流店に入りやがってっていう、嫉妬もすごいですけどね」

「――――ふーん。って、詳しすぎるだろう。お前！」

感心しつつもハッとして、池田が吠えた。

言われてみればと、周囲の視線がいっせいに杉本に向けられる。

「すみません。浪人時代に六本木と銀座《ぎんざ》でホストをやってました。学費と生活費をまとめて稼ぐために二浪したんで、未だにその時代の伝《つて》で、おかしな話題だけは耳に入ってくるんです」

杉本は、悪びれたそぶりもなく、へらへらと笑った。

「上手《うわて》がいたな、黒河。銀座のホストみたいだって言われるお前も、さすがに実戦経験した奴には勝てないな」

池田は杉本に向かって、何かを言い返す気分にはなれず、隣にいた黒河の肩を叩く。

「はなから勝とうと思ってねぇよ」

「違いない。ってか、二年程度で医大に通う学費と生活費を稼ぐ傍らで受験勉強するって、どんだけエネルギッシュなんだよ？」

これは愚問だった。池田は溜息まじりに、ぼやいた。

「若かった証拠ですね。思い出すだけで、腰が痛くなります」

それにしても杉本は大物だった。いろんな意味で将来が楽しみだが、同じほど不安な要素を感じるのは、黒河を誰より傍で見てきた池田ならではかもしれない。

東都は病院とは思えないほど美男美女が多いことで有名だが、大半は十人並みと自負する男女たちだ。池田もその一人に他ならないが、彼はホストクラブどころか女性が接客するクラブにだって縁がなく、行きつけは昔から知人が経営する新宿《しんじゅく》の小料理屋だ。

「どうしてうちには、こんな医者しか入ってこねぇんだよ。医大だよな、ここ」

「人事に言え、人事に。それより、こうなると問題なのは患者の今後だな」

それでも、実際問題の話になると、意識は自然と来生の容態に向けられた。

「ですね。怪我のほうが落ち着けば、生活に支障はないでしょうけど。それにしても右手のほうは…。動かすには、かなりのリハビリがいるんですよね？　確か利き手のはずなのに」

「ああ。骨折もあるが、神経をやってるからな…」

カルテを見ながら、珍しく黒河が眉をひそめた。

救急の応援で執刀に立ち会い、そのまま外科で受け入れたことから、来生の主治医となったのは黒河だった。

池田は、事故現場に黒河が現れた瞬間、来生は助かったと胸を撫で下ろした。

だが、こうなると問題は今後の回復の度合いに移行していく。

『事故による骨折と打撲はともかくとして、利き手神経の損傷。これが俺や黒河なら、今の職場復帰は絶望的だ。他科に転職するしかない。絵を描くっていうのが、どれほど繊細な作業なのかはわからないが、これと同じ絵が描けるようになるには、いったいどれほどの時間を有するのか、未知の領域だ』

もしも来生の状況に置かれたのが自分だったらと考えたとき、失望は底知れないものがある。

これまでなんのために努力してきたのかと悲嘆するだけにとどまらず、今後どうしていいのかわからなくなるだろう。

生きる気力や望みさえ、場合によっては失いかねない。

『来生叶――――か。二十四なんて、まだまだガキと大差ないだろうに』

池田は、帰宅前に今一度様子が気になり、来生のベッドを窺《うかが》った。

骨折と打撲で全身に怪我を負っている来生だが、運よく顔には傷を負っていない。少し青白くなっているが、その寝顔は穏やかで、落ち着いている。まるで彼が描いたユニコーンのように、清楚で優麗だ。

「まずは、やれるところまでやろうな」

池田は、そっと声をかけると、来生に繋がれている計器の数字を確認してから背を向けた。

『誰？　優しい声…』

来生の瞼がわずかに動いたことにも気づかず、傍を離れた。

『痛い…。身体中が痛い…』

カーテンで仕切られた空間の中で、来生は麻酔が切れてきたのか、肢体の痛みや痺《しび》れを感じ始めていた。

『ここはどこだ？　どうしてここは、こんなに真っ暗なんだ』

それでも瞼が重くて、開かない。

『――――あれは、俺？』

来生は朦朧とする意識の中を彷徨《さまよ》っていた。

『俺か？』

彷徨い続けて、浅い眠りの中へと堕ちていった。

2

今にして思えば、来生の運命はずいぶん前から狂い始めていた。

いつか好きな絵を描いて暮らしていけたら、どんなにいいかと願って、そんなこと夢のまた夢だ。訪れるわけがない。そんなふうに感じながらも諦めきれずに描き続けていくうちに、一つのチャンスが巡ってきた。

それは勤めていたホストクラブのハウスボトルのラベルに使われた小さなカットが引き寄せた、画商・瀬木谷庸史《せきやようじ》との出会いだ。

瀬木谷は来生の描く幻想的で素朴な世界観を気に入ると、当時描き上がっていた数点のイラストを購入、それらを大々的に売り出した。

自身が持つ出版社やメディアとの縁故を利用し、また企業への売り込みにも余念がなく、来生がおよそ想像しえなかった販売戦略を展開するうちに、来生をあっという間に人気イラストレーターの座へと押し上げた。

画商としてだけではなく、プロデューサーとしても敏腕さを発揮し、来生叶の作品と名前、何よりその存在感を世に広めたのだ。

「暁生《かつき》、見て。俺の絵、今度小児科病棟のパンフレットに使ってもらえることになったんだよ。それもあの東都医大の。すごくない？　この絵を買ってくれたのが、東都医大の副院長先生だったんだって。原画は小児科の入院病棟の談話室に飾られて、毎日子供たちに見てもらえるようにしてくれるんだってよ」

そうして世に出てから半年が経った昨年の夏、来生の描いた〝ユニコーン〟は、副院長である和泉《いずみ》の目にとまったことから、小児科用のパンフレットに採用されることが決定した。

それまでにも商用の印刷物に採用された経験はあったが、来生にとっては今回の話が一番嬉しかった。

これが瀬木谷の企画ではなく、単純に和泉の思いつきだったことも理由の一つだが、それより何より描いた絵が子供たちの病棟に飾られる。「自宅に置くより、そのほうがいいだろうから」と、打ち合わせに立ち会った和泉本人に言ってもらったことが、何より来生を喜ばせていたのだ。

しかし、マンションのリビングで、童心に帰ったような笑みでパンフレットのカラー見本を見せた来生に、四つ年上の恋人・暁生は軽く舌打ちをした。

「――――はーん。ってことは、印税も入るのか？　印刷して使い回すってことは、別に版権とかってやつが発生して、金が貰えるんだろう？　相手が東都なら、さぞたくさん払ってくれるんじゃねぇの？　そのうちグループ関連の広告にでも使ってもらったら、更に大儲けだな」

ソファに横たわったまま意地悪そうな目つきで、煙草をふかした。

「そんな…。そういうのはないよ。病院で無料配布されるものだし、あったとしても断るって。すでに買ってもらった絵なんだから、どう使ったところで買い主の自由だし」

暁生は、以前来生が勤めていた六本木のホストクラブ、ルーナピエーナの現役ナンバーワンホストだった。

もともとは新宿の高級老舗《しにせ》クラブ、クリスタルムーンに勤めていたが、姉妹店で人手が足りなくなったことから、ホームを六本木に替えていた。

客層や土地柄の違いを苦ともせずに、異動してから半年後にはナンバーワンになっていたほどの腕の持ち主だ。女性にも男性にも好まれるワイルドで端正な容姿はこの界隈《かいわい》でも有名で、圧倒的な存在感を誇る傍ら同業者に対しての面倒見もよかったことから、ホスト仲間ではカリスマ的な存在だ。

店に勤めたばかりで、右も左もわからなかった来生も彼に面倒を見られたうちの一人で、特に目をかけられていたときは、それだけで同僚から嫉妬されたものだ。

いつしか口説かれ、恋人になってても嫉妬はなくならず、来生は他人からそれを感じるたびに、暁生の偉大さを実感していたほどだった。

「相変わらず綺麗事言ってるな。けど、お前がどう思ったところで、あの業突《ごうつく》画商は取れるものはなんでも取るんじゃねぇのか？　すっかりお前のマネージャー気取りで、あれこれ世話焼いてるみたいだし。そのうち、夜の世話もしたいって言い出すんじゃねぇのか？」

ただ、面倒見がよくて誰より優しかったはずの暁生は、来生が店を辞めてから変わってしまった。

イラストレーターとしての来生叶の名が世に広まり、それに比例して収入が増えるほどに、来生に対して冷たくぶっきらぼうな男になっていった。

「暁生！　やめろよ、瀬木谷さんを悪く言うのは。あの人は、そんな人じゃないって。純粋に俺の絵を好んで、認めてくれた人なんだから」

二人がすでに付き合っていたせいかもしれないが、瀬木谷に対しての嫉妬もあからさまで、その名が出るたびに敵意もむき出しにしてきた。

「どこまでおめでたいんだかな。夜の商売を三年もやった奴の台詞《セリフ》じゃねぇよ。さすが、腰掛けホストは違うよな」

「っ…」

ホストクラブに勤めながら、プロのホストには徹することができなかった来生。それを一生の仕事としては受け入れられず、誰に何を言われても、絵の道を捨てきれなかった。

そんな彼に暁生は、いつも「いいんじゃねぇの」と笑ってくれたはずだった。「夢は夢でいいんじゃねぇの。諦《あきら》める必要もなければ、終わらせる必要もない。自分が追いたいところまで追い続けるのが、そもそも夢ってもんだろう」と、とびきりの笑顔で――。

それなのに、いざ夢が叶ってから時間が経つにつれ、暁生は変わった。

どうしてこんなことになったのか、来生には理解し難いことばかりだった。

ただ、手に入れたものの代わりに、大事なものを失くした。夢と愛は同時に得ることができなかったという事実だけは、ときと共に理解した。

永遠に変わらないと信じていたものが、ここまで変わってしまったことには悲嘆しかなかったし。回復を願って、彼との関係だけは維持しているが、現実二人の溝は日ごとに深まるばかりだった。

今ではまるで氷上のクレバスのように、溝の底が見えないほどだ。

「それより叶、いい加減に新しいマンションにでも買い換えたらどうだ？　なんでいつまでもこんなチンケなところにいるんだよ。お前はもう、売れないヘルプホストじゃない。年収何千万、いや…いずれ何億にもなるかもしれないっていう、大物新人イラストレーターなんだろう？　それが、こんな１ＬＤＫのボロマンションにいつまでいる気だよ。ファンのイメージも崩れるぞ。いっそヒルズに部屋を移せよ、成功者の証《あかし》だろう？」

暁生は、すっかり灰が長くなった煙草を突き出し、来生に灰皿を催促してきた。

「でもって、そこで俺を囲えよ。そしたらお前の仕事がはかどるように、昼夜いつでも相手してやるからさ」

「なんの冗談だよ。俺が暁生を囲うなんて、どっからそんな発想になるんだよ」

来生は要求されるままクリスタル製の灰皿を手にして、暁生が横たわるソファの前に膝をついた。

冗談だとわかっていても、暁生がこの手の話をするのが、来生にはつらい。

卑屈なんて言葉は、彼には不要なもののはずだ。

「暁生はルーナピエーナのナンバーワンだぞ。いずれは自分の店持って、オーナーホストになるって言ってたじゃないか。それこそクリスタルムーン時代の先輩、いまやクラブ・クラウンのオーナーでマネージャーの東《あずま》さんみたいに、プレイヤーとしても店に出続けて客を引きつける、そんなクラブオーナーになるんだって…。それが夢だって」

来生にとって暁生は、店の中でも外でも常に輝く存在だった。

ホストの一言では片付けられない社交性と接客力。豊富な知識と、日々の努力で積み重ねられた男の自信は、同性だからこそ惹かれる魅力でもあり、同じ雄として服従をもいとわないと思わせる要素でもあるのだ。

「言ったっけ、そんなこと」

「え？」

「言ったとして、実際叶ったとして、しょせんホストはホストだよ。どっかの誰かさんみたいに、日の当たる場所で成功するのとはわけが違うさ」

しかし、思いがけない来生の成功は、少なからず暁生の自尊心を傷つけていた。

もともと立場も収入も対等ではなかった二人だけに、目に見える来生の成果は暁生にとって、下克上にも匹敵する事態だった。

「暁生…」

たとえ来生にそのつもりがなくても、いったん歪《ゆが》んでしまった暁生の心は、もとに戻すことができなかった。

日を追うごとに歪みが増すばかりで、今となってはどうしたらいいのかもわからない。

「綺麗な顔して、綺麗な絵を描いて、綺麗な金を稼いで。その上、綺麗事ばっかり並べるお前には、一生わからないだろうけどな」

暁生は、煙草が揉み消された灰皿を弾くと、その手で俯《うつむ》く来生の顎《あご》を摑み上げた。

「やっ」

力任せに引き寄せられて咄嗟《とっさ》に身を捩《よじ》るが、それが気に入らなかったようだ。暁生は身体を起こすと、その場に来生を押し倒してきた。

「何がやなんだよ、お高くとまりやがって。大した稼ぎもない時代に、お前の面倒を見てやったのは、どこの誰なんだよ」

「っ!!」

床に倒され、馬乗りになられた来生のシャツは、ボタンを弾かれ全開にされた。

日焼けの痕さえない白い肌には、以前なら必ず愛撫の痕が点々としていた。まるで自分のものだと言わしめるように、肌を重ねるたびに暁生が来生の身体に残したからだ。

だが、今の来生に彼から愛された痕は、一つも残っていない。

暁生は、威嚇《いかく》で来生を組み伏せることはあっても、唇を寄せることもなければ、愛撫をすることもなくなっていた。

暴力こそはふるわないが、愛することがまったくなくなっていたのだ。

「客に挨拶《あいさつ》一つできないお人形ホストに、笑い方から酌の仕方まで指導してやったのは、どこの誰なんだよ」

「暁生だよ!!」

それがもどかして、切なくて、来生は激情のままに暁生の腕を捕らえた。

「暁生がいたから、俺は店に勤めることができた。いつも感謝してるよ。一度だって忘れたことなんかない」

以前のように愛してもらえないのは仕方がないにしても、せめて自分の気持ちだけは伝えたかった。

「でも、だからこそ俺はここが大事なんだよ。ここは、暁生が一緒に探してくれた部屋だ。いつか、もっと大きな部屋を借りられるように夢を叶えろよって言って、一緒に見つけてくれた部屋だから…、俺は」

どんなに自分を取り巻く環境が変わっても、暁生への気持ちまでは変わらない。そのことだけは知っていてほしくて、ありのままの思いをぶつける。

「知ったこっちゃねぇよ。この部屋を紹介したのは不動産屋だ。俺は暇潰しについていってやっただけだからな」

そんな来生を見下ろし、暁生は不敵に笑った。

「暁生…っ」

ふいに来生の身体を抱き締め返すと、その唇を貪り、露出した肌をまさぐり始めた。

「っ…ぁっ」

来生は戸惑いながらも、彼の温もりに浸った。

自然と込み上げてくる悦びが隠せない。

暁生からのキスや愛撫に以前のような労《いた》わりは感じられなかったが、それでも彼が望んでくれるならと、懸命に応じる。

「暁…生。好き」

お世辞にも逞《たくま》しいとは言い難い両腕を絡ませ、しなやかな肉体をしならせた。

「――――」

暁生の瞳に映る来生は、知り合ったときから美しくも艶《なま》めかしい、特別な生きものだ。

だが、暁生は変わることのない来生の姿に目を伏せると、突然顔を背けた。抱き縋る来生を放り出して、一人で身体を起こした。

「っ、どこ行くの⁉」

「客と約束があったのを忘れてたんだ」

火照《ほて》り始めた来生の肉体を無視して、暁生は乱れた衣類を直す。

「え？」

「同伴してもらわねぇといけねぇからな。ここでお前と遊んでる暇ねぇわ」

何食わぬ顔で言い放った。こうなると、いったん背を向けた彼が来生を見ることはない。

「待って、暁生。暁生！」

それがわかっていながら、来生は声を上げた。

力いっぱい手を伸ばして暁生を追ったが、返事は足早に玄関に消えた暁生が残した扉の音。パタンという無情なまでの響きだけで、それ以外は何もない。

「暁生…」

残された来生は、しばらくその場で呆然としていた。

半端に抱かれた身体が寒くて、ただ虚《むな》しい。

「こんなふうに独りにされるなら、広い部屋なんていらないよ。自分独りなら、ここで十分」

ソファの下に落ちていたパンフレットの見本を手にして、誰に話しかけるわけでもなく、つぶやいてみる。

「描けるスペースさえあれば、俺には十分だって」

どこか投げやりな苦笑を浮かべて立ち上がり、来生は身なりを整えると、寝室の一角に設けた小さなアトリエに足を向けた。

八畳程度の洋間の隅には、誰にも立ち入ることのできない来生だけの世界がある。カーテンの隙間から差し込む都会の日差しを弾いてキラキラと光る、温かで穏やかな空間だ。

「そのこと、わかってるのかな。暁生は」

描きかけのキャンバスには、夜空にかかるオーロラの下で愛おしげに身を寄せ合う二頭のペガサスがいた。

ユニコーンの絵と同様、それは幻想的で、とてもロマンチックなものだ。

「それともわかっていても、もう…どうでもいいのかな?」

ただ、来生が人物や実体のある生きものを描かないのは、決してロマンチストだからではない。

単に現実の世界に、気持ちが向かないからだった。

そしてモチーフとなる幻獣が常に対《つい》で描かれるのは、物心がついたときから消えることのない孤独感を、今も尚埋《う》めたいと願い続けているからで——。それは、暁生と付き合って尚、来生が孤独から抜けきれない証でもあった。

絵にするモチーフが変わらないのは、彼から受ける様々な感情の中に、同情以上の愛を感じたことがなかったからなのだ。

『別れるべきなのかもしれない。もう』

どんなに甘い口説き文句に流され、愉悦と絶頂に溺れた日々を送っても、来生は暁生が自分を心から愛し、また自身の支えに欲しているとは、一度として感じたことがなかった。

それこそこんな関係になったのも、もとは彼の世話好きな性格が高じて、自分を構ううちに見捨てられなくなった。そこに湧き起こった性欲が合わさっただけで、恋人という肩書は、あくまでも来生叶が手のかかるヘルプホストだったからこそ成立した関係。独り立ちしたイラストレーターでは、もはや暁生は何も満たされない。彼の欲を何一つ満たすことができないのが、今の自分だと実感していたからだ。

『これ以上、恋人の肩書にしがみついていても、お互いのためにはならない。俺も、いつまでも暁生の優しさに甘えちゃ駄目なんだ』

来生は描きかけの絵に向かうと、拭《ぬぐ》うことのできない孤独をごまかすように絵筆を取った。

こんな気持ちで描いても、いいわけがない。そうは思っても、やり場のない感情を黙って受け止めてくれるのは、目の前の世界だけだ。

描くことに集中するという、行為だけなのだ。

『暁生が愛してもいない俺の傍にいてくれるのは、結局俺がふがいないからだ。どんなに世間が認めてくれても、それは描かれた絵に対してだけで、決して俺自身を認めてくれたわけじゃないから…』

しかし、これまで心の拠り所であり逃げ場でしかなかった絵の世界は、世間が認めてくれたことで、その存在と価値観を大きく変え始めていた。

『暁生は、俺が変に頑固で、不器用なのを知っている。店に勤め出したのだって、たまたまスカウトされたときに断れなかったからだし。ちょうど会社で得意先の社長から、脅迫紛《まが》いな求愛もされてたから…。そこから逃げたい一心で、夜の世界に飛び込んだっていう、安易な理由も知っている。本当、俺の弱さ、意気地のなさ、悪いところを全部知ってるから…。もう、捨てても大丈夫って思ってもらうには、本気で自分を変える努力をしなきゃいけないな』

どちらかといえば控え目で内気だった来生に、これまでにはなかった自信や意欲を与え、また希望を与えて、少しずつだが強くしていくものだった。

『せめて、俺の絵を好きだと言ってくれる人のためにも。この絵に俺自身を重ねて、きっと傍にいたら癒《いや》される、元気づけられるって信じてくれてる人の夢を壊さないためにも、俺は今からでも、他人に望まれる人間になりたいし』

そしてそれらは、いつしか暁生の感情を荒立てるほど、来生をこれまで以上に美しく成長させていた。

『これまでのように、イメージだけを押しつけられるんじゃなくて。自分からこの人の傍にいたい、ずっと傍にいてほしいと願われるような、そんな人間になりたいから』

誰かが自分の描き出した世界を求めてくれる。その確かな手ごたえは、二十余年もの間感じたことのなかった快感を、来生に思う存分与えてくれたのだった。

とはいえ、いざ暁生に別れを切り出そうと試みると、なぜか向こうに話を逸《そ》らされた。

そのたびに諦めが期待に変わり、そして期待が失望を呼んでという負のサイクルを繰り返すまま秋を迎え、年をも越した。

「元気がないね。何かあったのかい?」

仕事で会う機会も多かったためか、来生の変化に瀬木谷は敏感だった。

小さいながらも銀座に画廊を構えて十年になる瀬木谷は、四十手前のナイスガイ。甘いマスクにセンスのよい三つ揃いをいつもピシリと着こなす実業家でもある。

新旧問わず幅広い絵画を扱い、埋もれがちな才能や作品を世に出すことにかけては、業界でも鬼才と謳《うた》われていて。いくつかあるプロへの登竜門の中でも、彼に見出されることを希望する画家は、未だに跡を絶たないほどだ。

「あ、いえ」

「隠さなくてもいいよ。君は嘘が下手だ。すぐに顔に出てしまう」

「瀬木谷さん」

そんな瀬木谷に見出され、スターダムに押し上げられた来生は、今では誰もが認め、また嫉妬する若手のナンバーワンイラストレーターだ。複製原画の発売から来年度のカレンダーへの採用、文具やキッチン用品といった生活に密着したさまざまな分野にまで活躍の場を広げられて、来生の絵は至るところで目にするようになっている。

「ホストの彼と、上手くいってないの？」

「わかりますか？」

「まあね」

しかし、これらすべてが来生にとっては想像外の展開だった。

来生は、絵的にはイラストレーションと呼ばれ、グッズにも応用されるようなメルヘンチックな作品を仕上げるが、その技法は至ってシンプルな油絵だ。

幾重にも塗り重ねることで濃淡を出し、独自の世界観を生み出すのには、かなりの時間を必要とする絵画なのだ。

納得するまで塗り重ねることができる油絵だけに、一枚を仕上げるまでの時間も読めない。

大きさやモチーフによって、早ければひと月程度で上がるものもあるが、ものによっては半年、一年かかることもある。

ユニコーンに至っては号数が大きく、しかもホスト時代の空き時間に描いたものだけに丸二年を要したほどで。このことから見ても来生は、本来量産型の画家とはいえない。今はまだ、これまでに描き続けてきた作品のストックが多少あり、それを順々に瀬木谷に任せることで補ってはいるが、この先ストックが切れたときのことを考えると、これはこれで不安が跡を絶たなかった。

どんなに瀬木谷が仕事を増やしてくれても、応じるのに限界がある。いずれ来る限界の前にオーダーと作業時間の調整が取れればいいが、それが無理となると、来生は今のうちからこの先の仕事を断る羽目にもなりかねない。

これまでずっと彼にマネージメントを任せてきた手前、自分にそれを断る権利があるのかもわからないが、できないものはできないと言うしかなくて、精神的にもかなり参っていた。

「もう、ずいぶん前から暁生の気持ちが俺から離れていることには、気づいていたんです。もともと愛情じゃなくて、彼の情から始まったような関係だし」

瀬木谷の店の商談室で向かい合い、他愛もない話をしている今でも、来生はいつこの話を切り出そうかとタイミングを計っている。

「結局、住む世界が違ってたんじゃないのかな？　彼と君は。どちらが悪いわけじゃなく、ただ居心地のいい場所が同じじゃなかった。心が潤う、安らげる世界が別の場所にあった。それがはっきりと浮き彫りになってしまったことで、どちらも自分をごまかし通すことができなくなってきたのかもしれないよ」

「そうかもしれません。俺は、どうしても夜の世界には染まれなかったし、暁生は俺の描く世界では何も感じてくれません。お互い、ここがいいと思っている場所も違えば、この先目指すものも違っている。以前のようには、お互いを見ることができなくなってるんでしょうね」

ところで――――、そう言って話の矛先を切り替えて。

ご相談があるんですが――――、と様子を窺って。

来生は、今のままでは需要と供給のバランスが取れないと心配していることを伝えた上で、瀬木谷と今後についての話し合いをしておこうと考えていた。

「叶」

しかし、俯く来生に、瀬木谷は突然手を伸ばしてきた。

「瀬木谷さん⁉」

「私は、君も君が描く世界も好きだ。君が欲するものも、これから進もうとしている道、すべてを理解し、また協力できるのは私のほうだと思っている」

向かい合って座っていたはずの瀬木谷が、いつ立ったのかも気づけなかった。

「もちろん、君は自分に厳しい人だから、彼との関係がはっきりしないうちは、私を受け入れてはくれないだろう。どんなに寂しくても、どんなに人恋しくても、告白さえ受け流してしまうかもしれない。けど、それでも私は君のことが好きだ」

来生は、隣に腰掛けてきた彼の腕に拘束されると、驚きと困惑から、身動きが取れない。

「…っ。からかわないでください。そんな、急に」

そう言い返すのが精いっぱいで、身体を捩ることぐらいしかできずにいる。

「急なものか。私は以前から君のことが――」

「瀬木谷さんっ」

だが、それでも強引にキスを求められると、力の限り拒んだ。

絵を描く来生にとって、瀬木谷はいわば命の恩人だ。とても好ましい人物であり、敬《うやま》いもしている。

だが、来生は一度として、彼を恋愛対象としては見たことがなかった。

自分がそう見られているとも思っていなかっただけに、その動揺は大きく、激しいものがある。

暁生が幾度となく嫉妬を露《あらわ》にしたのは、瀬木谷の気持ちを見抜いてのことだったのかと混乱してしまい、とうとう涙腺も緩《ゆる》んできた。仮にもクラブホストをしていた自分がこんなことでとは思っても、一度狂った平常心は、すぐにはもとに戻せない。

来生は身を固くしたまま、彼を拒み続けることしかできなかった。

「――すまない。私が急ぎすぎた」

すると、腕の中で頬を濡らした来生に、瀬木谷は自ら身を引いた。

「少し待つよ。この思いを伝えることが許される日を。せめて君が、真っ直ぐに私の目を見てくれるのを」

こんな彼の思いやりや優しさは、それだけで来生に新たな意識や好意を芽生えさせるものがあった。

「すみません」

だからといって、すぐに気持ちがどうにかなるほど、来生も暁生に対して不実ではない。

たとえ二人の間に愛がなくても、これまで共に過ごした時間を簡単に忘れられるほど、器用でも薄情でもない。

ただ、いずれにしても、暁生との関係だけは清算しなければならない。

瀬木谷からの告白にどう応えるかは後の話で、来生は次こそ切り出そうと意を決すると、自ら暁生のもとに出向いて別れを告げた。


二月も半ばの夜だった。

「は？　なんだって」

チラチラと雪が舞う六本木の街は今夜も賑《にぎ》わい、普段となんら変わらなかった。

「今までありがとう。本当に、暁生には感謝してる。たとえ同情だったとしても、それ以外の、愛情以外の何かであったとしても。店でオロオロしていた俺に、声をかけてくれて。いつも気にかけて、助けてくれて、いろいろ教えてくれて本当に感謝しかないぐらい」

来生は、すでにこのことに関して、暁生と話し合う必要はないと思っていた。

どちらかが切り出せば、それで終わってしまうところまで来ていたのは、ずいぶん前だ。

だから来生は手短に別れ話をするために、あえて仕事中の暁生を訪ねたほどだ。

「でも、これ以上は無理だよ。お互いのためにならない。俺は、どんどん変わっていく暁生を見るのが嫌だし。暁生は俺と一緒にいないほうが、本来の暁生らしい。生き生きしてる。だから、さよなら。これまで、ありがとう。本当に、ありがとうございました」

「――――っ」

暁生はかなり面食らった様子だったが、立ち去る来生を追ってくることはしなかった。

後ろ姿を見送る視線もすぐに感じなくなり、来生は三年以上続いた関係に終止符を打った。

『これでいい。これで…』

その後、来生はどこをどう歩いたのは、よくわからなかった。

『いつか同情が愛情になるかもしれないって思ってきたけど、その同情さえなくなったら、何も残らない。結局俺には、描くことしか残ってない。描くことでしか、自身の存在さえも示せない』

一歩一歩意識しながら力強く歩いた覚えはあったが、繁華街を盲進するばかりで、いったい自分がどこに向かっているのか、わからない状態。

「待って。待って、叶くん!!」

と、闇雲に歩く来生の腕を摑んで、瀬木谷が引き留めた。

「どこに行くつもりだ。つらいのはわかるけど」

驚いて振り向くと、来生の目にはかなり焦った様子の瀬木谷が映し出された。

「あ…。もしかして、見てたんですか?」

「すまない。たまたまこの近くに仕事で来ていたんだ。そしたら、君の姿を見かけて…。様子が変だったから、つい気になって…」

こんな偶然があるのかと思いながらも、来生は彼の腕をそっと外すと、会釈《えしゃく》した。

「そうですか。すみませんでした。ご心配おかけして」

間の悪さに恥ずかしさが込み上げてきたが、それ以上に何かを感じることはなかった。

いずれは出るだろう話題だけに、かえって説明の必要もなくていいかと開き直れた。

「――――……謝らないで。私が君を気にかけたのは、誰のためでもない。君を愛している自分自身のためだ。ずるい男だと思うかもしれないが、それでも私は君を」

「すみません……。今は、何も考えられません。瀬木谷さんには感謝してます。でも、今はそれ以上のことは」

ただ、このときを待っていたかのような瀬木谷には、再度頭を下げることになった。

「ごめん。焦ってしまって。いいよ、待ってるから。君が私のほうを振り向いてくれるまで、ずっと君だけを見守りながら待っているから」

瀬木谷は笑って返してくれたが、今は描くこと以外考えたくなかった。

無心になって筆を持つ以外、何もしたくないのが、今の来生の本心だったのだ。

「瀬木谷さん」

「ちょっと待てよ、叶。誰が別れるって言った？　誰が承諾したんだよ」

しかし、そんな二人の間に走り寄って割り込んだのは、息を切らした暁生だった。

「暁生……？」

仕事中だったはずなのに、自分を追ってきたのだろうか？

指名客を置き去りにして、営業中の店を離れて、たった今別れを告げた恋人の後だけを、来生だけを追って、ここまで来たというのだろうか？

雪の中、傘もささずに。

だが、だとしても、来生に追いつき、腕を捕らえた暁生の目は怒りに満ちていた。

「こんな男のために、俺を切ろうって言うのか。それとも、出世のためにはふしだらな男は消去か？　なんにしても、次を用意して乗り換えとは、ずいぶん偉くなったもんだな。その手腕、店で発揮されなかったのが残念なぐらいだ」

「違う。そんなんじゃないよ。別に瀬木谷さんと俺は何も…」

「お前が何を言ったところで、あっちはその気だよ。お前は大事な金のなる木だ。それも極上ななりをした金儲けの道具だからな。愛しくて仕方ないだろうよ」

別れを告げた直後だっただけに、ここに居合わせた瀬木谷が、偶然現れたとは思えなかったのだろう。暁生は、怒りで我を忘れている。

「貴様、なんてことを言うんだ。叶くんに謝れ」

「はっ。いい子ぶるなよ、おっさん。どんなにお前が叶の真似したって、本性は隠せねぇよ。おかげさまで商売柄、金の亡者は臭いでわかるんだ」

どんなに気が立っても、決して地元では騒ぎを起こさない。ルーナピエーナのナンバーワンとしての体面だけは崩したことがなかったのに、それさえ忘れた激怒ぶりだ。

突然揉め出した男たちに気づくと、周囲の者たちは振り返り、見る間にその場に野次馬を作っていく。

「お前は俺と同じだよ。愛より金のタイプだよ。自分以上に他人なんか愛せやしない。大事なのは自分だけだ。自分が手にした金だけだよ」

「言うに事欠いてっ。このホスト風情が!!」

「やめてください、瀬木谷さん」

夜目でも目立つ男三人の派手な言い争いだけに、野次馬たちの目は興味津々《しんしん》だ。

「ほらほら、本性が出てきた。何がホスト風情だよ。ならテメェはなんなんだよ。画商だかなんだか知らねぇが、気取るのも大概にしろ。テメェも金儲けに叶を利用しやがって、反吐《へど》がでら」

「暁生もやめろって！」

「なんだと!!」

互いに襟を摑む暁生と瀬木谷は、揉み合ううちに歩道から車道近くへ移動した。

「頼むから、お願いだから、二人共」

このままでは、二人とも勢い余って車道に飛び出しそうな気がして、来生は組み合う二人に摑みかかって、争いを止めようとした。

「お前は引っ込んでろ。これは俺たちの問題だ」

「そうだよ。これはもう、私たちの問題だ」

「やめ――――ぁっ」

だが、感情が高ぶった男たちに腕を払われると、来生は弾みで車道に押し出された。

そうでなくとも凍りついた路面は、足から踏ん張る力を奪った。来生は、車が途切れることのない道で自家用車に撥ねられ、その身を大きく舞わせることになった。

「叶くんっ」

「叶!!」

突然全身を襲った激しい痛みに、来生は一瞬意識を失った。

いっそこのまま永遠に意識が戻らなければ、その後に襲いかかってきた激痛に苦しむこともなかっただろうに、来生の意識はおぼろげながらもすぐに戻った。

「大丈夫か？　気をしっかり持てよ。すぐに病院に運んでやるからな」

残酷なほど激しい痛みに苛《さいな》まれる中、耳には聞き覚えのない男の声が響き、そして手には覚えのない男の温もりが残った。

「お前、運がいいぞ。絶対に助かる」

力強く言いきられて、ホッとした。安堵《あんど》からか、再び意識を失った。

そうして、そこからしばらくの間は眠りについたが、その眠りから彼を起こしたのも、最後に聞いたあの男の声だった。

「まずは、やれるところまでやろうな」

低くて、太くて、穏やかな口調。気取りのない言葉は、来生に不思議な安らぎをくれた。

今一度目を覚まし、現実を知る勇気さえ、来生の中に起こしてくれたのだった。

＊＊＊

瞼を震わせた来生は、ベッドの上でようやく意識を取り戻した。

『そっか…。俺は、二人の喧嘩を止めようとして、車道に飛び出したんだ』

まだうつらうつらとしているためか、なかなか瞼が重くて開かなかった。

麻酔が完全には切れていないのか、眠気もあった。

『誰かが声をかけてくれて…。大丈夫だって言ってくれて。手も握ってくれたけど…いったい誰だったんだろう？』

それでも来生は、いったい自分がどうなったのかが知りたくて、懸命に瞼を開く努力をした。

『温かかったな。お礼、言わなきゃ…』

ここがどこなのか、まずはそれを確かめたくて、闇の中から抜け出すべく、ゆっくりと瞼を開いていった。

「――――…？」

だが、来生はなぜか闇の中から抜け出すことができなかった。

両の瞼は確かに開いている。

瞬《まばた》きをしている自覚もある。

それなのに、来生の視界には何も映ることがなかった。

見ているはずなのにすべてが真っ暗で、まるでまだ夢の中にいるようだった。

「見えない…。何も見えない」

それでも恐る恐る出した声は、自分のものに間違いがなかった。

夢ではない。確かに今、自分は起きている。

それなのに、いっこうに闇が晴れない現実から、来生は恐ろしくなって身体を起こした。

この闇の中から逃げ出したくて、全力で光を求めて走ろうとした。

「痛っ!!」

だが、逸《はや》る気持ちに反して、身体は鉛のように重かった。まるで身動きが取れない。

かろうじて両手は動いたが、それが仇《あだ》になってか、来生はつけられていた点滴をずらして、余計な激痛に見舞われた。

「ここはどこ？　どうしてこんなに真っ暗なんだ？」

点滴がずれた手からは、じわじわと血が滲み始めていた。

それさえわからず来生は、思いつくままに声を発した。

「暁生っ…？　瀬木谷さん？」

藁にも縋る気持ちで、その名を呼ぶ。

「気がつかれまし――――、来生さん!!」

しかし、答えてくれたのは、来生の異変に気づいた研修医の浅香だった。

「見えないっ。何も見えない」

聞き覚えのない浅香の声に、来生は余計に困惑した。

「来生さん、落ち着いて」

浅香は懸命に助けを求める来生の身体を押さえながら、動揺する自身をも必死で抑えた。

「真っ暗で何も見えない!!」

「落ち着いてください、来生さん。今、担当の先生を呼んできます。ここは病院ですから、大丈夫ですから」

開かれた来生の両目には、確かに浅香の姿が映っていた。

だが、彼が訴えているように、見えていないのだということは、すぐに理解ができた。

焦点が定まっていない澄んだ瞳が見ているのは、想像もできない深い闇だ。突然人が落とされて、こんなにも怖いと感じる世界はない。

「うわぁっっっっっ‼」

「落ち着いて、来生さん。誰か、誰か黒河先生を。杉本先生も呼んでくれ！」

浅香は、こんな事態になることをまったく聞かされていなかった。

救急での処置は完璧だったと聞いて引き継いだはずなのに、いったい来生に何が起こったのかと慌《あわ》てると、その理由を検討する前に、自らも声を荒らげてしまった。

「早く、早くしてくれ‼」

黒河だけではなく杉本の名を呼ぶことで、来生の異変を知らせた。

周囲に即座に悟らせ、迅速な対応を望んだ。

3

来生が自身に起こった異変のわけを知ったのは、それから一時間後のことだった。

「落ち着いて聞いてくださいね、来生さん。再検査の結果、事故の衝撃でできたと思われる血腫が、脳内にあることがわかりました。おそらくこれは、時間と共に姿を現し、大きくなった血腫です。そして、それが現在は視神経を圧迫し始めて、失明を引き起こしています。ですが、これは一時的なもので、血腫さえ取り除いてしまえば、視力そのものは回復します。今のところ、それ以外に原因は見当たりませんから、手術さえすれば大丈夫です」

さまざまな検査を終えてベッドに戻された来生の前には、眼科の杉本と担当医の黒河、そして浅香や看護師たちも揃っていた。

「本当ですか？　この目は見えるようになるんですか？」

突然視界を奪われた恐怖は並々ならぬものがあったが、こうして原因を説明されると、不思議なほど安堵した。

普通の状態で脳内の手術と聞けば、もっと恐ろしい気がするはずだが、今の来生には原因と対処法が明らかになっているだけでも、安心感が違った。それほど突然の闇が齎《もたら》した恐怖が大きかった、見えない不安が大きかったということだ。

「ええ。ただ、今すぐ手術というわけにはいきません。これだけの怪我をなさっていますし、今後も経過を見ていかないと、どんなところに事故の後遺症が潜んでいるか、わからない状態です。なので、少しの間不自由かとは思いますが、まずは怪我の治療に専念していただけますか？　追い追い様子を見ながら、今後の相談をということで――」

「はい…。わかりました。で、あの…」

とはいえ、多少なりにも落ち着きを取り戻すと、来生には新たな不安が膨《ふく》らみ始めていた。

「なんでしょう？」

「手が、右手の感覚が以前よりすごく鈍いんですけど、俺の利き手は、どうなってるんでしょうか？　これって手首の骨折のためですか？　それだけですよね？」

これは思い違いだろうか？

単に怪我の直後に起こる症状の一端だろうかとも考えたが、明らかに違う左右の手の感覚が、来生に底知れぬ疑心を生み出していた。

この目のように大丈夫だと言ってほしい。今だけだと言ってほしい。来生は、そんな安心がほしくて、怖々ながらも診断結果を尋ねたのだ。

「それは、事故の際に神経を傷つけてしまっているので、そのせいかと思います。手術で補ってはいますが、回復にはリハビリが必要です」

答えたのは黒河だった。

取り乱すことなく淡々と告げる口調、声は、来生が事故のときに耳にした声とは、似ても似つかなかった。

「っ、それって、もとに戻らないってことですか？　前のようには動かないってことですか？」

「リハビリの効果がどの程度まで発揮されるかには、個人差もあります。また、どの程度までの回復をもとのようだと取るかも、個人的な判断になってしまうのですが…。生活に支障のない程度までは戻るはずです。こんな返事しかできなくて申し訳ないのですが…。これが今わかっているすべてです」

これまで生きてきた中で、一番安心できた「大丈夫」をくれた男とはまるで違っていて。来生は、あれこそが夢だったのだろうか、幻聴だったのだろうかと悲愴感に駆られるばかりで、見えない眼には自然と涙が浮かんだ。

「生活って…」

「とにかく、今は怪我を治して、手術できる体力を回復させることを最優先にしましょう。私たちもできる限りのお手伝いをします。最善の治療をしていきますから、ね。来生さん」

止めどなく溢《あふ》れ出して流れる涙を、黒河がそっと拭ってくれた。

その指先はしなやかで、繊細で、やはり来生の手を取りきつく握り締めてくれた頑丈な手とは、明らかに違うものだった。

この場にいないから捜してしまうのか、幻かもしれないから追ってしまうのか、来生はじわじわと泥沼にはまり込んでいくような恐怖から逃れたい一心で、見たこともない男の存在ばかりを求め続けていた。

「――――…。はい。ありがとうございます。先生」

やっとの思いで答えるも、それ以後何も言えなくなった。

瞼を閉じて、眠る仕草を見せるも、それは突きつけられた現実からの逃避であって、決してすべてを理解し受け入れたわけではない。

「では、また診に来ますから」

今は医師や看護師たちと言葉を交わすのもつらかった。いっそ狂ってしまえたら、どれほど楽かと思うのに、その兆しさえ感じない自分も嫌で嫌でたまらなくなった。

『生活に支障のない程度…。それはもう、終わったってことか？』

しばらくして、傍から医師や看護師たちが離れていくと、来生の失望はより深く、大きなものになっていった。

『やっと、やっとここまでこれたのに。絵だけを描いて暮らせるようになったのに…。俺は、描くことさえできなくなるのか？』

昨夜の事故から、いったいどれほどの時間が流れたのかはわからない。

だが、来生に起こった不幸にかかわらず、ときは流れて、世の中も動き、ここで横たわることしかできない自分だけを取り残していくのが、嫌というほど実感できた。

『何もかもが真っ暗だ。今日も、明日も、昨日さえも』

そうして、どれほどボンヤリとしていたのだろうか？

体が治癒を求めていたのか、来生は、いつの間にか睡魔に捕らわれ堕ちていた。

眠っているときだけは何も感じず、夢さえ見ずに、熟睡できた。

その間は、とても安らかだった。それこそ永眠に憧れを抱きそうなほど、静かで穏やかで痛みも苦痛もない、無にも等しいひとときは、今の来生には一番の癒しだ。

『――――？』

しかし、そんな眠りから来生を呼び覚ましたのは、カーテンがレールを滑った音。

「誰？　暁生？　瀬木谷さん？」

かなり気を遣って様子を見に来たのがわかり、来生は思わず彼らの名を口にした。

自分がこんなことになっているのに、そういえば彼らはどうしたのだろうか？

弾みとはいえ、通常の事故とは言い難いだけに、警察に呼ばれているのだろうか？

そんな疑問も起こった。

「失礼します。当院の外科医で池田といいます。お加減はいかがですか？」

「――――っ？」

しかし、来生を訪ねてきたのは、暁生でもなければ瀬木谷でもなかった。

この衝撃は、本当ならこの場で一度は開いた眼さえ、あえて閉じてもおかしくないほどの失望だ。ただただがっかりする事実のはずだ。

それなのに、来生はいっそう両目を開いて、声のするほうへ意識を向けた。もしやと思って、それなりに動く左手を、声のしたほうに伸ばす。

「思ったより元気そうですね。何よりです」

その手をそっと握ってきたのは、覚えのある感触だった。

来生 叶槻

がっしりとしていて、骨ばっていて。温かくて、力強い。来生は夢かと思いながらも、池田の手を握り返した。

「あ、あなたはもしかして、事故のときに声をかけてくださった方ですか？」

怖々とだが確かめた。

今の来生の心境を例えるなら、ガラスの靴を片手にシンデレラを探した王子のようだ。

「はい。偶然通りかかったもので」

否定されたら、どうなっていたかわからない。けれど、池田が肯定してくれたことで、来生は絶望の淵から、わずかだが這い上がれたような気になった。

「あ…っ、ありがとうございます。こんな姿ですみません。あのとき、どんなに心強かったか」

込み上げてきた感動からか、来生は池田の手をきつく握りながら、また泣いてしまう。

どうしてこんなに嬉しいのか、来生自身もわからなかった。

こんな気持ちになったことがないから、いったいこの感情がどこから生まれてくるのか、それ事体未知の領域だ。

「そうですか。それはよかった。それにしても、あなたは強運だ。一つ違えば、今頃どうなっていたか、わからないような事故でしたよ。正直言って、こうやって手を握り返してもらえるなんて思ってもみなかった」

ただ、来生にとって池田は、夢でも幻でもなかった。

現実に存在する男で、しかもこの病院の医師だった。

「え？」

「きっとまだまだやらなきゃいけないことがある、早く回復して成し遂げるべきことがあるっていう、お告げみたいなものなんでしょうね。いや、よかったよかった。俺でよければできる限りのお手伝いをしますから、早く元気になりましょうね」

「先生…」

なんという偶然だろうと驚く傍ら、来生はなぜか落胆した。

こうして会いに来てくれたことも、あの場で助けてくれたことも、結局池田の職務意識がさせたことなのかと寂しくなった。

それになんの不満があるわけでもないだろうに、一度は熱くなった心が寒々しいものになっていく。

「あ、そうだ。さっきちらりと聞いてきたんですが、お連れの方は事故の処理でまだこちらへは来られないようです。警察や保険会社、なんでもマスコミの対応にも追われているとかで、少し落ち着いてからでないと――。来生さんにも迷惑がかかりかねないからと」

「そうですか…」

握った来生の手から、自然と力が抜けていった。

「他にお身内は？　病院から連絡しますが」

「生憎《あいにく》、親兄弟はいません。なので親戚付き合いもなくて、ご迷惑おかけしてますよね？」

このまま握っていてはいけない気がして、外すタイミングを計った。

「そんなことはないですよ。当院のほうは大丈夫ですから、気は遣わないでください。それより、変なことを聞いてしまって、申し訳なかったですね」

「いいえ。当然のことですから。先生こそ、そんなに気を遣わないでください。そうでなくても、俺みたいなのとかかわったために、いろいろとご迷惑おかけして」

するると、来生の思惑を見抜いたように、池田の院内用の携帯電話が鳴った。

「迷惑なんて、全然。――――と、失礼」

池田は来生の手を離すと、少しだけベッドから離れた。

後追いしてしまいそうな左手をギュっと握り締めて、来生は胸の上に戻した。

「はい、池田だ。おう。おう…。あ？　それはなしだろう、どうにかしろよ。ん。ん。そっか、ならすぐ行くわ。それで待機させといて。あとはこっちでどうにかするからよ」

『え？』

だが、一瞬にしてガラリと口調が変わった池田の態度に、来生は驚いた。

「すみません。呼び出しが入ったもので」

電話を終えると、まるで何事もなかったように、声をかけてくる。

「ぷっ」

もちろん、TPOを考えれば、これは当たり前の対応だった。

電話の相手はおそらく見知った看護師か何かで、来生は昨日今日会ったばかりの、しかも入院患者だ。池田の身の振り方に、おかしなところは何もない。至極、当然だ。

「どうかしましたか?」

「いえ、電話の話し方のほうが、他人行儀じゃなくていいなって…」

ただ、会話だけを耳にしていた来生には、この変化がとても可笑《おか》しかった。

体面を気にしない彼の口調のほうが、ざっくばらんで大らかで。飾り気がなくて、親しみがあって。できれば自分にもこんなふうに接してほしいのにと感じると、笑ったついでに本音を漏らしてしまったのだ。

「あ…。しまった。せっかく白衣の紳士で通そうと思ったのにな～」

池田は、来生の意図を察したのか、すぐに求めに応じてくれた。

これだけでも来生は嬉しくて嬉しくて、不思議なぐらい気分が回復した。

「池田先生って、楽しい方ですね。でも、早く行ってください。お忙しいのは想像がつきます。俺は大丈夫ですから、本当に…声をかけてくださってありがとうございました」

おかげで、素直に心からのお礼も言えた。

自然と笑みも浮かんだ。

「いえいえ。どういたしまして」

池田は言葉だけではなく、今一度来生の手に触れて、握り締めてきた。

「なら、今日はこれで。また顔を出しますから」

彼の言葉も手のひらも温かかった。

「はい。ありがとうございます」

来生は、池田を精いっぱいの笑顔で見送ったが、内心とても名残惜《なごりお》しかった。

できることならもう少しだけ傍にいてほしかった。

この手に触れて、握り締めて、自分が独りではないことを実感させてほしかったが、そんなわがままは言えない。

言える立場にもない。

だから来生は、左手に残った手の温もりを頼りに、自分が置かれた状況と戦った。

『また顔を…出すか。優しい先生だな。あんなにガッチリとした手の人、会ったことがない』

必死で孤独や絶望感をごまかして、意識を別なほうへ、別なほうへと追いやっていった。

『温かくて、力強くて、それに声も低くて太くて…。話し方は、実はがらっぱちで。きっと大らかで、海や空みたいな人なんだろうな。外科のドクターってことは、年は三十半ばから後半ぐらい？　四十代とか、五十代って感じはしなかったもんな』

が、そんな中で、気がついたことが一つあった。

『――――不思議だな。人って視力に頼れなくなると、こんなに感覚で知ろうとするんだ。触れた肌の感触、手の骨格、声色、口調。何分もあるかないかの会話の中で、こんなに相手を知ろうとして、想像もするんだ』

それは理性や理屈ではなく、本能で察したことだ。

『きっとまだまだやらなきゃいけないことがある、早く回復して成し遂げるべきことがあるっていう、お告げみたいなもの…か』

来生は、池田が何気なく発した言葉さえ、いつも以上にしっかりと記憶していた。

彼の一言一句に耳を傾け、心に刻み、感じる気配から、目には見えない彼の内面を知ろうと懸命になっていた。

『視力に捕われずに心で見ること。これは、もしかしたら俺に与えられた課題？　試練？』

こうした感覚は、視界が確かなときには、まるで覚えのないものだった。

それどころか、こんな逆境に対して、前向きな自分を感じるのも、生まれて初めてのことだ。

『そしてリハビリも――――？』

来生は、どこか投げやりにしていた右手に意識を向けると、ギプスで固められただけではなく、神経を痛めたがために痺れて鈍くなった指先を、できる限り動かしてみようと試みた。

たとえ寝たきりであっても、動かす努力はできる。

今も、まったく動かないわけでもない。

ここで諦めてしまったら、それまでだ。けれど、諦めさえしなければ、奇跡は起こるかもしれない。長いときをかけて自分の夢が叶ったように、今度はこの手にもとの動きを取り戻せるかもしれないと考えて、来生は「泣くのは今日限りにしよう」と心に決めた。

次に泣くときは、快気したときの嬉し泣き。もしくは出来る限りの努力をしたのに、どうにもならなかったときの苦し泣き。

そのいずれかでいい、他には必要ないと自身に言って、この闇の中でも再起を掴みたいがために、それ以後利き手に意識を向け続けた。

『池田先生…。ありがとうございます。なんだか少しだけ、光が見えました』

池田がくれた言葉を信じて、自身の強運を信じて。


一方、来生のベッドから離れた池田はというと…。

『二十四で、あの無垢で聡明な笑顔は罪だろう？』

救急救命部の部屋を出たとたん、その場に人の目がなかったのをこれ幸いと、心臓を押さえて壁に頭をぶつけていた。

『やべえ…。なんか来てる』

胸がきゅんきゅんと高鳴り、ときにはギュウギュウと締めつけられて、どうにもこうにも収まらなかった。普段とは違う自分が恥ずかしくて、照れくさくて、池田はついつい自分の頭をも壁に打ちつけてしまったのだ。

『落ち着け、落ち着け。思い出せよ、昨夜のことを。あの事故現場を』

これは、いつかどこかで経験した、甘酸っぱい感情だった。

三十半ばを過ぎてから覚えるときめきでもないだろうとは思っても、これればかりはどうしようもない。何がよくて惹かれたのか、そんな理由が必要ないほど、ときには他人に惹かれることがあるものだ。

大概それが、恋の始まりというやつだ。

『あれは明らかに痴情のもつれだ。それもきっと…、来生さんを巡っての…』

しかし、池田は事故の現場に居合わせたからこそ、自身の感情に歯止めをかけようとしていた。

このまま先へ進んではいけない。自分で自分を引き留めなければいけないと言い聞かせ、それでも収まることのない鼓動を抱えて、呼ばれた職場へ移動した。

「何やってんだ、あいつ」

「さあ…」

実は黒河と浅香に見られていたとも気づかずに、無理やり仕事に集中することで、騒ぐ気持ちを抑え続けた。

＊＊＊

数日後のことだった。

来生は救急病棟から特別病棟に移され、治療に専念する時間を過ごしていた。

いったいどこから話が伝わったのか、来生の部屋には日ごとにファンからの見舞いの花が届いて、甘い香りを漂わせていた。

仕事の関係者や知人たちも見舞いを希望してきたが、そこは病院側との相談の末、落ち着くまでは面会謝絶ということで丁重に断られた。

そうでなくとも視界を奪われたことで、来生は何かと過敏になっていた。

この上変に気を遣う相手ばかりが現れた日には、気の休まる暇もない。ましてや、過去にどんな手を使っても取材を決行しようとする常識破りな例もあって、病院側もそういったメディアは完全に一掃したかった。面会謝絶はそれらにも一番有効な手段だったのだ。

「本当にすみませんでした。こんなことになってしまって――――。どうしていいのか…」

「いいえ、事故を招いたのは、こちらの責任です。こちらの一方的な不注意です。むしろ、謝らなければいけないのは、俺のほうです。本当に、ご迷惑をおかけして」

ただ、例外として加害者側の運転手、その家族が見舞いに現れたときには、来生本人の希望もあって、面会を受けつけた。

保険会社の者が同行して訪れたときも、それは同様だった。

なぜなら来生は、この事故のために、なんの罪もない通りすがりの他人を巻き込んだことに、一番胸を痛めていた。

来生が多少なりにも著名人であることから、世間が勝手に騒ぎ始めて、加害者は余計につらい思いをしていた。そういった噂話も院内で耳にしていたし、被害者同然の加害者に対して身動きの取れない来生にできることといえば、直接会って「気にしないでください」と、笑ってみせることぐらいだった。むしろ自分のほうこそ、迷惑をかけてすみませんと、謝罪することぐらいだったのだ。

そして、もしもここまで取材の申し込みがきてしまったら、「自分の不注意でこんなことになってしまってごめんなさい。いずれ取材にはお答えしますので、今だけは治療に専念させてください」というコメントを伝え、また、決して加害者側を責めることのないよう配慮を求めて、自分も加害者に対してまったく遺恨がないことを明らかにし、これ以上の余波を防いでもらうぐらいだったのだ。

もちろん、こんなときに直接何かを頼める者が傍にいないことは、寂しい以上に切なかった。親身になってくれる友人を持っていなかったことも、両親や親戚がいないことも寂しいばかりだったが、そこは今言っても始まらないことなので、来生はこれも運命と諦めた。

むしろ、最も親しいはずの二人が、未だに警察から解放されていなかったことのほうに気を揉んだ。

『それにしても、いつ会えるんだろう…』

二人は、来生が彼らの手により車道に突き飛ばされたという目撃証言が多かったことで、ずっと警察から取り調べを受けていた。

中には、別れ話や三角関係のもつれのようだという証言もあったことから、余計な詮索までされ、疑われて、実は事故に見せかけた殺人未遂ではないかという疑惑までも浮上したらしく、事故が事故だけの話では終わらなかったことが、来生と二人の再会を阻《はば》んでいた。

さすがに来生自身が「こんなことになったのは、喧嘩の仲裁に入った弾みです。本当に偶然です」と、事情聴取に訪れた警官に話しているので直《じき》に解放はされるだろうが、それがいつなのか来生にはわからない。

今は待つことしかできない。このいら立ちと戦うことしか、できなかったから。

「お食事の時間ですよ。ベッド起こしますね」

「ありがとうございます」

それでも来生は、極力笑顔を意識して、毎日を過ごしていた。

「大丈夫ですか？　姿勢、つらくないですか？」

「はい。大丈夫です」

彼が一日の経過を知るのは、もっぱら窓から聞こえる鳥の声と、食事や検診の時間によるものだった。

個室にいるのだから、テレビを一日中つけていることも可能だったが、来生はつける気にもならなかった。ここでニュースやドラマに耳を傾けて一日を過ごすなら、入院生活に必要なことを覚えるほうに、時間と神経は遣いたかった。

「慣れるまではお手伝いしますから、遠慮なく言ってくださいね」

「ありがとうございます。沢口《さわぐち》さん」

来生は声や口調から、自分を看てくれる看護師やドクターの名前と特徴を覚えていった。

初めて接する相手には積極的に名前を聞いて、極力一度で覚えるようにも心懸けた。

『右手の感覚が鈍い…。けど、これぐらいなら左手でもどうにかこなせる』

食事の時間もリハビリと思って、できる限り自分でこなすように努力した。

『生活に支障のない程度って、これぐらいのことなんだろうか？』

ふと弱気になることもしばしばだったが、そのつど池田の言葉を思い出し、気持ちを引き締めて頑張った。

これは誰を相手にする戦いでもない、自分との戦いだ。勝つも負けるも自分次第、戦いはまだ始まったばかりだ。そう言い聞かせて、ささやかながら右手のリハビリにも勤《いそ》しんだ。

意識して指先に神経を向けることで、わずかでも動くことを実感し続けていたのだ。

「――――誰？」

と、来生は突然ノックもなしに扉を開かれ、反射的に振り向いた。病院の者は全員ノックをしてから、彼に話しかける。これがないだけで、来生の全身に怖気《おぞけ》が走った。

「あ…っ」

「おっと」

勢い余って手からスプーンが滑るが、床に嫌な金属音は響かない。それは床に落ちることなくキャッチされたのだろう。

「暁生、暁生なの？」

相手が声を出したのは一瞬だったが、来生にはそれだけで誰だかわかった。

気がかりだった待ち人の登場に声が弾み、笑みが零《こぼ》れる。姿が見えないもどかしさはあるものの、やっと会えたという事実だけで来生は喜べた。

怖気で硬直しかけた身体は熱くなり、来生は暁生の気配を必死で捕らえようと、動く左手も差し向ける。

「ああ。俺だ。悪かったな、来るのが遅くなって」

伸ばした手が空振り、来生は言葉もない。

「自分から別れた男でも？」

しかし、心から歓喜しただけに、さらりと発せられた一言には、胸が潰れそうになった。

「ううん。来てくれて嬉しいよ」

「────…っ」

晩生は来生から別れを切り出したことを、まだ怒っていたのだろうか？

それとも、事故のために拘留された警察で、余程嫌な目に遭った？

来生の顔からは、見る間に笑みが消えていく。

「嘘だよ。悪かったよ。全部お前にとばっちりが行っちまって」

すると晩生は、いつになく申し訳なさそうに、来生のほうに手を伸ばしてきた。

「主治医に聞いてきたよ。この手、怪我が治ってもリハビリがいるって。この目も、手術しないと視力は回復しないって」

怪我に障らないように抱き締めて、来生の頬を撫でながら、謝罪をしてきた。

「っ…」

「俺が、責任取るから。一生お前の面倒見てやるから、許せよ」

しかし、その内容はといえば、来生から夢も希望も奪うものだった。

「なんの話？　別れた相手に」

必死で運命と戦うことを誓い、ささやかながらにも実践し始めた来生の出鼻を挫《くじ》くどころか、残酷な予言としかいいようのない台詞ばかりだ。

「叶…」

「これは事故だよ。誰のせいでもなく、俺の運が悪かっただけだよ。それを暁生にどうこうしてもらおうなんて、思ってないから」

来生は、動く左手で暁生を押しのけた。

「何、強がってんだよ。親も兄弟もいないお前が、この先どうやって生きていくんだよ。手術が成功すりゃいいが、失敗したら完全に失明だぞ。その右手だって、もう前みたいには動かないんだ。お前には、俺が必要なんだよ。この俺が――」

暁生はいつものように傲慢《ごうまん》な態度で唇を奪いに来たが、来生はそれさえ撥ね除けて、藪から棒に左手を振りかざした。

「っ!!」

手の甲が当たって、パンと彼の頬を打った。

偶然とはいえ、左手が暁生の頬にヒットすると、来生はその勢いのまま「出て行け」と叫んで、彼を拒絶した。

「叶？」

打たれた頬より、発せられた言葉に驚いたのだろう。暁生は、不思議そうに名前を呼んだ。

室内には、これまでになかったほど、ピリピリとした空気が漂っている。

「どうして…。どうして嘘でもいいから、治るって言ってくれないんだよ。そんな、そんな…絶望的なことばっかり言うんだよ」

腹の底から絞り出すような来生の声が、怒気で震えていた。

これまでなら、その目に涙が浮かんでいても、不思議のない激情だ。

「俺は常に最悪の事態しか想定しないいさ。そのほうが、いざってときに心が軽傷ですむからな。綺麗事ばっかりのお前とは違うんだ」

「だったら、もっとリアルに最悪な事態を想定するべきだろう」

だが、今は泣かないと己に誓った来生の眼差しには、涙の代わりに見たこともないような憎悪が浮かび上がっていた。

「リアル？」

「俺が、こんな目に遭わされた俺が、これまでどおり暁生を好きでいられると思ってるのかよ。心の底から、自分の運が悪いだけだって、そう言ってると思うのかよ」

事故を招いた暁生に対して、ごまかしきれない本心が牙をむく。

「――――」

これればかりは、言っても始まらないことだと思っていた。

一生、誰に打ち明けるつもりもなかった。

自分の中だけで消化し、納得し、誰も恨むことをせずに、呪うなら自分の不運を呪おうと。

この上誰かを憎んだところで、仕方がない。だったらそのエネルギーを、快気することに向けよう。そう決めていたのだ。

「この日に光が戻らなかったら、暁生を恨むよ。この手に、この手に絵筆が握れなくなったら、一生暁生を恨んで、憎み続けるよ」

暁生に言わせれば、これも綺麗事かもしれない。いい子ぶって、何が面白いと言われても不思議はない。

だが、そうでも思わなければ、来生は堪え切れなかった。

これまで生きてきた中で、絵筆一本にどれだけ救われてきたかわからない来生だけに、それを奪われるぐらいなら命を取ってほしかった。生きていたくなんかなかったと、誰かれ構わずぶつけてしまいそうで、懸命に助けてくれたこの病院の者たちにまで当たってしまいそうだったから。

「当たり前だろう？　それが、人として当然の感情だろう」

来生は叫ぶと、目の前に置かれていた食器を払って、暁生のほうへ叩きつけた。

「出て行け。そして、二度と俺の前に姿を現すな」

吐き捨てるように叫び続けて、これまでに溜まっていた鬱憤《うっぷん》を一気に放出した。

「俺を看ることで、暁生に自己満足なんかさせない。この事故に対しての自己完結なんかさせない。俺は、俺のすべてを奪った奴なんか許さない。たとえこの目に光が戻って、この手に絵筆を握れる日が来ても、今日の暁生だけは一生許さないから！　憎み続けるから‼」

暁生は、特に慌てた様子は窺わせなかった。

どれほど呆然としながら来生を見ているのかはわからない。

哀れに思って見つめているかもしれないし、舌打ちを堪えて呆れているかもしれない。

「それでもお前は、俺を選ぶよ。あんな守銭奴なんか選ばない」

激怒と疑心暗鬼に陥る来生に、暁生は言った。

「お前は、一人じゃ生きていけない。お前の心はずっと飢えている。いつも、いつも飢えた狼みたいに情に飢えて、腹を空かしている。この俺みたいにな」

なぜかその口調は穏やかで、優しくて、昔同情でも「愛している」と言ったときと、なんら変わらなかった。

来生がこんなことになり、なくしかけていた同情が戻り、再び彼に優越感を与えているのかもしれないが。暁生は来生の悪感情のすべてを受け止めると、それ以上は何も言わずに立ち去っていた。

『っ…。どうして…、なんでだよ。そんなに俺が憎かったのか？　嫌いだったのか？』

だが、何もせずに暁生が去ったのかと思えば、そうではなかった。

〝それでは、記者会見の模様をご覧ください〟

『っ⁉』

暁生は去り際にテレビをつけていったらしく、来生の耳には昼のワイドショーの放送が耳に飛び込んでくる。

〝まずは、現在の来生叶さんの様子からお聞かせいただけますか？〟

耳を澄ますと、自分の名前が出てきて驚いた。

〝本日は来生叶のためにありがとうございます。幸い命に別状はありません。詳しい状況は、追って担当の先生からご説明を願おうと思っております〟

『瀬木谷さん？』

インタビューを受けている声に、驚愕した。

〝ただ、来生は事故のために、失明の危機にあるそうです。また、利き手の神経を傷つけてしまっていて。本当に、私の口からはなんと申し上げていいのかわかりません。まさか、こんなことになるなんて――――〟

〝それは、再起不能ということですか？　二度と作品は描けないということですか？〟

〝そんなことはありません！　来生は必ず回復します。少なくとも、私はそう信じております〟

いったい彼は何を話しているのだろう？

〝彼の描く繊細で優美な世界は、私が守ります。決してこんなところで消えてしまうような存在ではありません。とにかく、今は治療に専念させたいので、できるだけそっとしておいてください。彼も復帰するために努力しています。どうか、快気するのを待ってやってください〟

誰に頼まれて、こんなことをしているのだろう？

もしもこれが来生のためだというなら、来生はこんなことは一度も望んでない。

こんな取ってつけたような記者会見をするぐらいなら、どうして先に自分のもとに来てくれないのだろうかと、尚更疑心ばかりが深まっていく。

〝一日も早い回復を願っております。それにしても、ビックリしましたね〟

〝ええ。今をときめく来生叶ですからね〟

〝ですよね。来生叶の名前を知らない方でも、きっとこれらの絵は、どこかで目にしているかと思います。とても繊細で幻想的なイラストを描かれるんですよね。そしてご本人も若くてとても素敵な好青年であることから、女性ファンも急増中で〟

来生は音のするほうに手を伸ばして、どうにかテレビを消そうと思った。

「っ‼」

あえて知りたくなかったから、つけなかったはずなのに。暁生は、これを聞かせたくて、来生の前に姿を現したのだろうか？

「どうなさいました？　あ、来生さん⁉」

誰もが口ばかりで、来生の快気など信じていない。このまま描けなくなるのを、堕ちていくのを見ているだけで、瀬木谷だってその一人だと言いたかったただけなのだろうか？

「う…うわぁっっっっっ‼」

お前には俺しかいないと言ったのは、暁生が初めから〝絵を描く来生〟になど興味がない証拠で。来生がこの事故で彼の好む、不器用で一人では何もこなせない来生叶に戻ったことを、単に喜びに来ただけで————。

「テレビを止めて…。テレビを、消してください」

来生は、誰もが自分の不幸を喜び、それをネタにして騒いでいるようにしか思えなかった。

他人を哀れな目で見ることで、自分の幸せを再認識しているようにしか感じられなかった。

「あ、はい。大丈夫ですよ。落ち着いて」

テレビを消して、うずくまる来生の背中をさすってくれたのは、通りがかった浅香だった。

「っ…うっ」

「来生さん…」

「俺の目は、見えるようになるんですよね？　手は、この手は動くようになるんですよね？」

こんなことを聞いたところで、どうなるものでもない。それはわかっているのに、確かめずにはいられない。

「もちろんですよ」

「本当に？」

「本当です。そのために俺たちも努力しています。来生さんも治療に専念されています。快気しないわけがないじゃないですか」

浅香は躊躇《ためら》うことなく、はっきりとした口調で言った。彼の言う快気は、イラストレーターとしての復帰ではない。単に人並みの生活を送れるという快気のことだろう。

「――――…でも」

だが、そうとわかっていても慰められる。

浅香の力強い口調と手の温もりは、少なくとも来生に孤独は感じさせない。視界を奪われた来生にとっては、こうしたスキンシップも心の支えだ。

そこを意識しているのだろうが、ここの者は来生に声をかけるときは、必ず同時に手や肩に触れてくる。来生の傍に自分がいることを伝えて、少しでも不安を取り除こうと懸命だ。

「今はとにかく身体を休めましょう。気持ちを落ち着けて、一日も早く手術や本格的なリハビリができる状態にしましょう。さ、横になって。後で黒河先生が様子を見に来ると言ってましたので、心配なことがあったら相談してみてください。きっと、安心できますよ」

来生は、食事用のテーブルをどかされ、起こしてあったベッドを倒されると、いったん横たわった。

「はい…。あ、あの、池田先生は？」

池田のことを聞いたのは、無意識だった。

「池田先生…は、確か今日はお休みだったと思います。でも、明日は来ますから、きっと顔を出しますよ」

特に変に思った様子もなく、浅香はあっさりと池田の予定を教えてくれた。

「そうですか。わかりました。いろいろ、ありがとうございました」

来生は礼を言う傍ら、布団の中でそっと胸を押さえていた。思いのほかドキドキしている。

「何かあったら、いつでも呼んでくださいね。ナースコールがわからなかったら、大声出してもいいですから」

「はい。すみません…」

浅香が部屋から出ると、胸を押さえていた手のひらは、自然と頬に向けられた。

触れると火照っているのがわかる。

どうしてこんなに気になるのかはわからないが、来生は一日何度か彼のことを考えていた。

仕事の都合で現れる時間はまちまちだが、池田は言ったことを守って、必ず来生の様子を見に来てくれた。表向き面会謝絶の来生にとって、担当外にもかかわらず訪ねてくれる池田は、唯一の面会者だ。暁生や瀬木谷を待っていた気持ちとは異なり、純粋に来生が訪問を待ちわびる唯一の人間でもある。

『咄嗟に聞いちゃったけど、何を甘えてるんだろう？　池田先生は、俺の担当の先生でもないし、そもそも呼吸器外科の先生だ。外科は外科でも、きっと俺とは全然違う専門の先生なんだから、本当は顔を出してる暇なんかないよな…』

しかし、それが甘え以外の何ものでもなかったと感じると、来生は反省してしまった。

一瞬の高揚とその反動。火照った頬はすぐに冷めたものになった。

溜息が漏れると同時に、ノックの音が響く。

「はい？」

わずかだが癖のあるノックの仕方に、来生はまさかと思って扉のほうに振り向いた。

「池田ですけど、今いいかな？」

「え？　はい。どうぞ」

やっぱり――――でも今日は休みのはずなのに？

来生は待ち人の面会が嬉しい半面、どうしたのかと不安になった。

普段なら自然に伸びる手が、動かない。躊躇いがちに枕の隅を摑むが、池田のほうからその手にそっと触れてくる。

暖かくて、ホッとした。

けど、なぜか今日はそれだけではない。一度は沈んだはずの胸の鼓動が、再び大きく高鳴り始める。

「時間潰しにと思って、これ持ってきたんだけど。どうかな」

池田は来生の手に、縦十センチ、横五センチ程度のプラスチック製の入れ物を握らせてきた。片手に収まってしまうそれには、いくつかのボタンとイヤホンがついている。

「これは、もしかしてラジオ…ですか？」

見る間に来生の顔に笑みが浮かんだ。

「ああ。今どきあんまり聴かないかもしれないけど、テレビよりは親切じゃないかなって。プレイヤーとかも考えたんだけど、曲の好みもあるだろうから。これなら、好きに選べるかなって」

「いいんですか？　お借りして」

「いいよ」

来生はラジオをギュッと握ると、胸元に引き寄せた。片手で、しかも手探りでも操作がしやすいそれは、池田の常備品と考えるには、どこか半端な気がするものだった。

もしかしたら、見えない来生に扱いやすいものを選んでくれたのかもしれない。

池田なら、特に何を考えるでもなく、自然にこんな気を遣いそうだ。

「嬉しい…。ありがとうございます。いえ、すみません。せっかくのお休みなのに、気を遣っていただいて」

しかし、来生はあえて追及しなかった。池田の好意を素直に受け取り、心から感謝した。

「あれ、よく知ってるな。もう地獄耳か？　でもま、どうせ人手が足りなきゃ呼ばれるだけだから、そこは気にせず。休みも何も関係ない仕事だから」

「先生ってば…」

ただ、こんな優しさを惜しげもなく他人に向ける男だけに、来生はふと心配になった。

自分が恋人なら、どれほど患者にやきもちを焼くだろうと考えて、胸が苦しくなったのだ。

「けど、先生は良くても、相手の方は…」

「相手？」

「恋人とか、奥様とか。お休みのときぐらいは、一緒にいたいんじゃないかなって…」

しかし、いざ口にすると、答えを聞くのが怖くなった。どうしてこんなことを聞いてしまったんだろうと後悔し、手にしたラジオをいっそう強く握り締める。

「ぷっ。そんな相手がいたら、有給溜め込んだ挙げ句に、流したりしないって。それ以前に、出会いもないし」

と、急に池田が笑い出した。

「そうなんですか？　素敵な看護師さんとか女医さんとか、出会いはたくさんありそうなのに。それに、東都医大は白衣の天使が多いって有名じゃないですか。まるでドラマに出てくる病院みたいに、素敵な方が多いって」

来生は見えるはずのない目の前が、パッと明るくなった気がした。自然に声も弾む。

「んー。生憎俺はそういうタイプじゃないからな～。ってことは、言い間違えたな。出会いがないんじゃねぇや。そもそも縁がねぇんだわ」

「また、そんな謙遜を」

仕事熱心なあまり、恋人を作る時間もなかったのだろうか？

それともはなから、仕事一本と決めてきた？

池田がフリーだとわかった来生は、妙にはしゃいだ。

本人にとっては、決して笑い事ではすまないだろうに、どうしてもクスクスと笑うのがやめられない。少なくとも池田を独占してしまっているこの瞬間、誰かを傷つけていることはない。もしかしたら嫉妬はされているかもしれないが、それでも彼なら誰に対してもこうだろうと思うと、お互いさまですまされてしまう。

「謙遜かぁ。この手の話で、一度ぐらいはしてみてぇな～」

「池田先生ってば…」

来生は、池田に対して覚えた好感が、日々大きくなっていくのが止められなかった。

彼の人柄や優しさに甘えているという自覚はあったが、それでも好きになっていくのが止められない。ずっとこうしていられたらどんなにいいだろうという気持ちばかりが膨らみ、どうすることもできない。

「よお。邪魔していいか？」

声を上げて笑う来生に誘われてか、ノックと同時に黒河が声をかけてきた。

「あ、回診か？」

「いや。ちょっと様子を見に来たんだが…、お邪魔だったみたいだな」

からかうように発せられた黒河の言葉に反応したのは、言われた池田ではなく来生のほうだった。

「は？　何馬鹿なこと言ってんだよ。せっかく来たんだったら、回診していけよ。俺のほうは、もう用はすんでるし」

それでも池田はまるで変わらない調子で、ベッドの傍に黒河を呼ぶ。

「じゃ、来生さん。俺はこれで」

ラジオを握った来生の手を、上から包み込むように触れると、挨拶をしてからまた離した。

「――――ぁ、はい」

楽しかったひとときは、終わると同時に落胆を生んだ。

どんなに頑張っても、数秒前と同じ笑顔は浮かばない。

「あ、そうだ。気になることとかあったら、あいつになんでも言って。当院で一番頼りになる男だからさ」

「…はい。わかりました。本当に、いろいろとありがとうございました」

しかし、来生は手の中に残った池田からの差し入れを握り締めると、はにかむように笑った。

窓から差し込む午後の日差しにも負けない明るさで、お礼も言った。

それを見ていた池田がどれほど嬉しそうにしていたか、残念ながら来生にはわからない。

こればかりは傍にいた黒河にしか、わからないことだった。

4

池田から手渡されたアイテムが、来生の入院生活を変え始めていた。

『こんな時間にラジオを聴くなんて初めてだな。そもそも、テレビは見てもラジオっていう習慣はなかったし。音を聴くなら音楽ぐらいだし。たまに耳にしても、車内ぐらい？』

もともと興味もなければ、あまり聴く機会もなかったラジオの世界は、テレビ番組とは趣向が違って、独自の世界観を持っていた。

テレビなら芸能ニュースや三面記事が盛んなワイドショーが目立つ朝から日中の時間帯も、トークン番組が中心だ。合間にニュースは流れても、面白おかしく煽るような風潮はなく、淡々と現状報告だけがなされるケースが圧倒的なのが、心地よかった。

たまたま自分の報道を聞いてしまったこともあったが、瀬木谷の記者会見のような派手で騒がしいイメージはなく、事故の事実関係だけが報じられたのちに、来生に対して心のこもったお見舞いの言葉とエールが添えられているだけだった。姿を見せずに聴取者を相手にしている分、言葉や口調を慎重に選ぶ出演者も多いように思えて、来生は新しい世界に出会った感動を受けながら、イヤホンを通してラジオの世界に魅了されていった。

転々と局を替えていくと、さまざまなジャンルの音楽に出会えるのも魅力で、来生はラジオを渡された夜など、胸に抱いたまま眠ってしまったほどだった。

そしてこの日も朝から耳を傾け、気がつくと昼過ぎになっていた。

訪れた看護師に「あらあら。疲れない程度にね」と笑われながらも、その胸にラジオを抱き続けていた。

「叶くん」

『――――っ！』

しかし、突然肩を叩かれて、来生は全身を震わせた。

強い花の匂いが鼻孔をツンと刺激した。イヤホンを外して、恐る恐る振り向く。

「私だよ、叶くん」

「っ…、瀬木谷さん？」

ここでは初めて感じた気配だと思えば、その声は瀬木谷のものだった。

おそらく大きな花のアレンジメントでも抱えているのだろうが、匂いのほうが勝ってしまっていて、はっきりと声を聞くまでまったく誰だかわからなかった。

「ああ。思ったより元気そうだね。よかった」

「あ…、はい」

物音や気配から、花がどこかに置かれたことがわかる。

「今回は、こんなことになって、ごめんよ。すぐに来たかったんだけど、警察から解放されたとたんに、マスコミに捕まってしまって。病院に迷惑をかけてもと思ったから、一応先に対応してきたんだけど…。結局、今頃になってしまって」

来生はラジオのスイッチを切り、瀬木谷のほうに集中するが、彼のほうがなかなか落ち着いてくれないので、どうにもならない。

「いえ…。そんなことは。かえってお手数をかけてすみません」

瀬木谷が何を考えて病室内を歩いているのかはわからないが、聴覚に頼るしか術《すべ》のない来生のことは、あまり気にかけてないようだ。

「いいんだよ。私ができることなんて、こんなことぐらいだから。それで、調子のほうは？　一応先生には電話で聞いたんだけど」

「おかげさまで、怪我のほうは思ったより軽くすんだので、このとおりです」

「そう。それはよかった。早くもとに戻るといいね。みんな、君と君の作品を待ってるよ」

そうかと思えば、突然歩み寄ってきて、無事な左手を摑んだ。

来生は瞬間的に身を捩り、その手を拒絶する。

「叶くん」

「あ、ごめんなさい」

驚いた様子の瀬木谷に謝罪するが、ラジオを胸に抱く来生はすっかり怯《おび》えていた。

来生の目に、相手の動作は何一つ見えないが、不思議と心の動きは見えるような気がした。

「ごめん。気が利かなくて。そうだよね。見えてないんだから、さぞ警戒心も強くなっているだろうし、脅《おど》かせてごめん」

「――いえ」

口先だけの謝罪に思えて、来生の胸中には、彼への失望ばかりがじわじわと広がっていく。

「ところで、叶くん。こんなときにとは思うけど、少しだけ仕事の話をしてもいいかな？」

そんな矢先に切り出されたものだから、来生の表情はこれまでにないほど強張っている。

「仕事、ですか？」

「そう。実際問題、君はしばらく身動きが取れなくなる。けど、その間も作品だけは止めることなく流通に乗せておかないと、先々困ったことになると思って。その相談を」

瀬木谷はベッド際に置かれた丸椅子に腰掛けたようだが、その視線が自分に向けられているようには感じない。

意識がすべて仕事に向いているのだろうが、来生は見えない自分が相手にされていない、馬鹿にされているような気分さえ味わっていた。

「困ったことって…？」

「君は売り出し中とはいえ、まだまだ世に出ている作品数が少ない。かといって、新作を描くまでには今しばらく時間が必要だろう。だから、できればストックしている作品を、全部預けてもらえないかと思って」

実際、瀬木谷から出てきた商談は、何を馬鹿なことを――と、言ってしまいそうなことだった。

「ストックを…ですか」

「そう。描きかけのものや、ラフなんかもあれば、ありがたいかな。あまり人には見せたくないかもしれないけど。そういったものでも、ちょっとした取材対応には役立つし。実際描かれる過程を見たいっていうファンは多いから、たまにサービス公開したりして、間を持たせたいんだ」

「間…ですか」

言わんとすることは理解できる。どこまでも瀬木谷は、来生の絵を売り続けることに必死だ。こんなことになっても、それに関しては臆することもない。ピンチをチャンスに変えようという勢いさえ感じられるから、これはこれで感心してしまう。

あまりにも仕事に徹していて――。

「そう。それから現在二次使用の希望が来ているものに関しての交渉もさせてもらえれば、また新たな収入にもなる」

「いえ、それは…。二次使用に関しては、原画を買ってくださった方の自由にと、以前も東都さんのパンフレットのときに言ったと思うんですけど」

来生は思わず笑ってしまった。彼には不似合いな、ひどく乾いた笑みだった。

「ん。君の気持ちはわかるよ。ただ、二次使用に関しての契約を厳しくするのは、君だけのためじゃない。すべてのクリエーターのためだ。必要最低限の版権は主張しなければ、相手だって買った物はどう使ってもいいんだって思い込んでしまって、別のところで問題を起こしかねないこともあるから」

「そうですか」

目と目が合わないまでも、来生をちゃんと見ていれば、感情の動きは読めるだろうに。どこまでも独りよがりな会話に、さすがに来生も腹が立ってきた。

「いいかな？」

「いいも悪いも、実はもう勝手に進めてるんじゃないですか？」

見えないと思って――来生の怒りが爆発する。

「え？」

「だから、記者会見が先だったんじゃないんですか？　俺への見舞いより。いえ、謝罪より」

「叶くん…」

冷ややかな口調で捲くし立てられ、瀬木谷はかなり驚いていた。

ようやく自分に向けられた視線を感じて、来生は見えていないとは思えないほど強い視線を、瀬木谷に向けて返した。

「今のうちに売れるものはすべて売ってしまわないと、この先売れなくなりますからね。作品だって、もう描けなくなるかもしれないから、こうなったらあるもの全部って…。ようは、そういうことですよね？」

「いや。そういうつもりは」

「なら、どういうつもりなんですか!?　今の俺には、瀬木谷さんがどんな顔でこんな話をしているかさえ見えないんですよ。利き手もこんなことになって、どうしていいのかわからないんですよ」

声を荒らげた来生に、たじろいだのが伝わってくる。

「俺は、俺は不安で不安でたまらないのに。瀬木谷さんは、俺より俺の作品のほうばかり心配してるじゃないですか。好きだとか、愛しているとか言っておきながら、結局俺自身のことより、この先も作品が売れるかどうかのほうが、大事なんでしょう」

もう、いい。ここから出て行ってくれ。

そんな気持ちをぶつけるが、瀬木谷は興奮気味の来生の手を、力強く握ってきた。

「っ」

その手は冷やかで、スベスベとしていた。

必要もないので水仕事もしないのだろうが、瀬木谷の手からはなんの苦労も感じなかった。

同じ手の綺麗さ、しなやかさでも、黒河や浅香のものとは印象が違う。

彼らの手からは過酷な労働感がひしひしと伝わってくるが、瀬木谷の手からは何も感じない。

来生が彼に対して心を閉ざしてしまった表れかもしれないが、今日の瀬木谷の手から受けた印象は、来生がこれまでの付き合いからはまったく感じたことのなかった心の冷たさだ。

「――私は、先に君の作品と出会って、そして君に出会った。君が何より描くことが好きで、大事で、生き甲斐《がい》で…。描くことが自分そのものだと言っていたから、君を守るつもりで、作品も守ろうと思った。今も、そしてこれからもイラストレーター来生叶とその世界観を守ることが、君の一番の願いだと思っていたんだが…」

それでも瀬木谷は真剣に話しかけてきた。

「けど、それはとんでもない勘違いだったようだね。君を傷つけるようなことをしてしまって、申し訳ない。それに、もとを正せば、こんなことになってしまったのは私のせいだ。それなのに私は、無慈悲なことばかり言ってしまって」

握り締めた手を何度も握り直して、仕事への熱心さだけは、呆れるほどアピールしてきた。

「いや、すみません。感情的になって」

「謝らないでくれ。君の気持ちも考えないで…、私が悪かったよ」

来生は、もしも今日が見えていたら、彼の言い分に流され、すべてを鵜呑《うの》みにしていたかもしれないと思った。

「そんな…。結局俺が、仕事に徹してなかっただけです。描いた絵を売るってことに、貪欲になれていなかっただけです。好きな絵を描いて食べていくって、売れるってことなのに…。そこに徹してくれた瀬木谷さんを責めるようなことを言ってしまって、ごめんなさい」

彼が自分を愛してくれている。心から思い、大事にしてくれているからこそ、描いた作品をどうにか世に出し続けようとしてくれているのだと、きっと勘違いしてしまった――と。

「ストックに関しては、瀬木谷さんにお任せします。作業途中のものや、これまでのラフもマンションに全部ありますから、間繋ぎにでもなんにでも、使えるのなら使ってください」

しかし、視界に捕らわれることなく相手を見たことで、来生は瀬木谷から気持ちが離れた。

多少なりにも惹かれていたかもしれない個人的な感情が一切なくなり、自分が絵描きであると同時に、それを売り渡す商人でなければならないことも自覚した。

「叶くん」

「二次使用の版権交渉に関しても、お任せします。確かに、他の描き手さんにゆくゆくご迷惑がかかってもいけませんから」

瀬木谷に手持ちの作品すべてを預けたのは、彼へのせめてもの恩返しだった。

理由はどうあれ、瀬木谷の手腕がなければ、来生の絵は世に出なかったかもしれない。

今もクラブホストを続けながら、趣味で描き続けることが精いっぱいだったかもしれない。

それならそれで暁生とは上手くいっていたかもしれないが、いずれは彼からの同情を愛だと信じ込もうとした自分に気づき、破局を迎えていただろう。これればかりはきっと時間の問題だ。

そう考えれば、来生が自身の描いた絵の持つ可能性と現実を知ったことは、決してマイナスではなかった。

いっときであれ、絵を世に出してもらったことも、ビジネスのなんたるかを見せてもらったことも、すべて社会勉強だったと納得すれば、この場で瀬木谷に作品を託すことは、後払いの授業料だと開き直れて。

「ありがとう。つらいときに、つらい話をしてしまって、本当にごめん。できる限りのことはするから、君の居場所を守るから、どうか早くよくなって」

だが、来生がどんな気持ちで承諾したのか知ろうともせずに、瀬木谷は声を弾ませた。

まるで子供のようなはしゃぎっぷりで、来生は失笑しそうになった。

「ありがとうございま――――やっ!?」

しかし、これですべてを終わらせようとした来生の唇に、衝撃が走った。

突然奪われた唇にまでは、社交辞令は続かない。来生は、反射的に瀬木谷を振り払うと、彼から顔を逸《そ》らしていた。

全身で拒絶を露にした。

「ごめん。また来るからね」

いえ、もう結構です。そんな一言も聞かずに、瀬木谷は足早に部屋から去って行った。

その足取りは軽く、瀬木谷の無神経な歓喜が、足音からさえ伝わるようだ。

『不意打ちのようなキス。ときめきも何もない。びっくりしただけで、まるで無感動』

来生はあまりのなりゆきに、ただただ虚しく、胸が痛んだ。

『全部。全部、なくなっちゃった』

たとえこの目や怪我が治ったところで、その先どうしていいのかわからない。

絵筆が握れたところで、自分がもう一度キャンバスに向かえるのか否かも、想像がつかない。

『これも、いずれなくなっちゃうのか？　怪我が治ったら、ここから出たら、返してそれっきりなのかな』

来生は、今一度ラジオを握って胸に抱くと、見たこともない池田の姿を思い浮かべた。

声や口調や手の感覚からしか想像できないが、白衣を纏った大柄の男性のシルエットを思い浮かべると、一人静かに微苦笑を浮かべた。

「…っ、出直すか。せっかくの余韻を壊してもなんだしな――」

その姿を見た池田が、瀬木谷との仲を誤解したとも知らずに。

溜息まじりで部屋から離れた彼の広い背中が、なんとも言えずにしょげ返ってしまったことも知らずに。

『やだな…っ。それって、すごく…いやだな』

来生は奥歯を噛み締め、今にも零れ落ちそうな涙を堪えた。

手にしたラジオを抱きながら、自身への誓いだけは必死に守った。

＊＊＊

こんなに会いたい、来てほしい、手を握って声を聞かせてほしいと願ったことがないにもかかわらず、その日池田は来生の前には現れなかった。

それどころか翌日も、そしてそのまた翌日も姿を見せず、充電式だったラジオも止まってしまって、来生の失望は大きくなるばかりだった。

『池田先生、もう来てくれないのかな』

誰かに頼めば、きっとラジオは充電された。

もとのように動いて、来生の気を晴らしてくれた。

しかし、来生はラジオを池田以外の誰かに預けたいと思えず、また、多忙だろう池田の所在を聞くこともできずに、ぼんやりとしたまま無気力な時間を過ごしてしまった。

『馬鹿だな、俺。何期待してたんだろう。池田先生だって忙しいはずだし、自分の受け持ちの患者さんだけで手いっぱいのはずだし。一日なんかあっという間に過ぎて、いつまでも俺のことまで気にかけてる暇なんかないのに』

ただの空箱になってしまったラジオを抱き締め、陽の暖かさだけは感じることができる窓のほうに、ずっと視線を向けていた。

まるで池田の手の温もりを求めるように――。

と、そんなときだった。

「はい⁉」

待ち焦《こ》がれた癖のあるノックに、来生は期待を込めて返事をした。

「よっ。調子はどうだ？」

部屋の入口を通って、すぐに声を発したのは、やはり池田だった。

「おかげさまで、大分体が動くようになってきました。まだ節々が痛いけど、寝返りぐらいは自分でもできるようになって」

このまま泥になってしまうのではないかと思った身体が、嘘のように軽く動いた。

覇気をなくしていた来生に、満面の笑みが浮かぶ。

「おお。そりゃすげえな。けど、無理するなよ。慌てて悪くしたら元も子もないからな」

「はい」

いつものように手を握られて、思わず「大好き」と叫びそうになる。

来生は池田に対して特別な思いを抱いている自分に、もうごまかしが利かなかった。

「とはいえ、寝たきりっていうのも、飽きるよな。少し起きて、部屋から出てみるか。車椅子で院内ドライブも悪くないだろう。もちろん、座り姿勢がきついようなら、また後日にするけど」

「いえ。行きたいです！　院内ドライブ。ぜひ連れて行ってください」

こうした彼の優しさに甘え、ついつい頼って求めてしまう弱さを自覚していただけに、来生はこの三日間のうちに何度も「好意と恋は違う、同情と愛も違う、ましてや職務意識が強い相手に思いを寄せたところで、どうなるんだ」とは自分に言い聞かせた。

だが、それでもどこからともなく湧き起こってくる「好き」が止められない。

この気持ちに、嘘がつけない。

だから、来生は自分の思いを認める代わりに、片思いでもいいじゃないかと納得した。

「なら、ちょっと待ってて。車椅子持って来るから」

「はい！」

それどころか、こんな状況でも恋ができるって、逞しい。自分は意外に強かったのかもしれないとポジティブに考えて、今だけは池田に恋する自分を楽しもう。そして、この高揚を快気へのエールにしようと考えて、池田が戸惑うくらいの笑顔を浮かべた。

向けられた池田がどれほど心臓を鷲掴《わしづか》みにされているのかなど考えもつかないので、来生は恋に恋する自分に酔い始めていた。

『やった！』

ただ、そんな様子を一部始終見ていた黒河は、部屋から出てきた池田の腕を摑むと、思い切りニヤついた。

「ほら見ろ。喜んだだろう？」

「病人、怪我人は、誰にでも構ってもらいたがるもんだ。そんなの基本だろう」

しかし、その腕を払った池田は、赤らんだ顔を隠すように背を向ける。

「何、意固地になってるんだよ。素直に喜べばいいじゃないか。可愛いな、俺のこと待ってたんだな～って」

「待ってたのは、俺じゃねぇよ。来生さんにはちゃんと恋人がいるし」

病室で交わされていた瀬木谷と来生のキスを見てから悶々《もんもん》としていた池田は、黒河に悪気がないのはわかっていても、ついふて腐れた態度を取ってしまった。

そうでなくとも、来生をほぼ三日も放ってしまった自分の器の小ささには、嫌気がさしていた。顔を出しただけであんなに喜んだのは、それだけ寂しかったという証拠だろう。それなのに、自分は個人的な感情から、患者に対してどんな仕打ちをしたのかと思うと、すっかり凹んでしまったのだ。

『んと、俺には恋をする資格もないな』

そもそも担当外の患者を構いに行ったことが個人的な感情丸出しだろうに、そういうことにはまるで意識が回っていない。

「それはそれでこれはこれだろう？ってか、誰がそんな話したんだよ。俺は単に、彼が主治医よりお前のことを待ってるみたいだぞ、ってつもりで言っただけだぞ」

そんな池田にお構いなく、黒河が突っ込んだ。

「っ…。お前が言うと、全部あやしく聞こえるんだよ」

客観的に二人を見てきた黒河からすれば、すでに来生が池田に好意的なのは見てわかる。

「ひってぇの」

池田だって満更でもなさそうだ。

なのに、ここ数日、あえて距離を置こうとした理由が黒河にはわからなかった。

これも頑固な職務意識のせいか？　とも考えたが、ここは病院であって学校ではない。別に未成年の生徒に手を出すわけでもないのだから、好きになるぐらいいいじゃないかと思うのだが、これ以上突っ込むのはやめにした。

「ま、貴重な休み時間に悪いとは思うが、少しマメに顔を出してやってくれると、ありがたい。本当なら、しばらく家族か知人にでも付き添ってほしいところだが、生憎それをしてくれる身内がいない。さぞ、心細いだろうからさ」

とりあえず、池田の職務意識を煽って、今後も来生を構うように仕向けた。

「――――ああ。わかってるよ」

池田は用意してあった車椅子を押して、来生のもとへ戻って行った。

『わかってるから、腹が立つ。恋人なら傍にいてやれよ。今ぐらい仕事より優先してやれよって、無性に相手の男を殴りたくなってくる。そうでないと俺は完全にピエロだ』

池田が部屋に入ると、来生はその気配だけで、喜び勇んだ。

『ま、こんだけ喜んでもらえるなら、それでもいいかって気になるけどよ』

来生の手には、未だにラジオがしっかりと握り締められている。

「さ、持ってきたぞ。ちょっと、失礼」

池田は、用意してきた車椅子をベッドの傍に止めると、まずは来生の手からラジオを預かり、枕元へ置いた。それから来生の布団をはいで、ゆっくりと抱き上げる。

「え？」

突然の浮遊感と温もりに、来生はただただ驚いた。

『これって、姫だっこ？』

恥ずかしいのと嬉しいのが混じり合って、頬が真っ赤に染まってくる。

「どこも痛まないか？」

「大丈夫です…。すみません、お手間ばかり取らせて」

車椅子までの移動はほんの一瞬だったが、来生は池田の胸元に身体を寄せられたことが、嬉しかった。想像以上にがっちりとした体格だとわかって、今後の妄想に花が咲きそうだ。

「気にしない気にしない。あ、これかけて」

「――――、これは？」

院内着だけを身に着けていた来生の肩に、カシミアのコートがかけられた。

肩がすっぽり収まり、かなり余っている。池田は何も言わなかったが、これが彼の私物だということは、来生にもすぐわかった。

池田

「この上、風邪でも引いたら一大事だからな」

胸元から足元までは、薄手の毛布がかけられて、寒さ対策はばっちりだ。来生は身体も心も温かかった。

「何から何まで、すみません」

車椅子がゆっくりと進み始める。

「じゃ、行こう。まず部屋を出て、右に曲がってしばらく歩くとナースセンターとエレベーターフロアがある。そうだな、俺の歩幅で五十歩程度だから、来生さんなら六十、七十歩かな？　部屋を出たところから、壁の手摺《てす》りを伝えばナースセンターに着くから、これだけは覚えておくといいよ」

すぐに外に行くのかと思いきや、池田は部屋を出るところから、来生が置かれた部屋の状況について説明を始めた。

「はい。部屋を出て、右ですね」

「そう。で、部屋を出た壁にある手摺りはつるつるしてるけど、対面《といめん》の廊下の手摺りはゴム張りの加工になってるから、できればこれも覚えておいて。いざってときに方向を見失わないですむから」

「手摺りに、そんな工夫がされてるんですか？」

「ああ。どんなに気をつけていても、何が起こるかわからないだろう。だから、手摺りの感触を変えているのは、いざ視界が奪われるような事態になっても、非常口にたどり着けるようになってるんだよ。張ってあるゴムに一定方向を向いた三角の溝《みぞ》が刻まれているから、それを探って進めば、その階の非常階段まで出られる仕組みになってるんだ」

説明しながら来生の左手を取り、廊下に設置された手摺りを順番に触らせる。違いを覚えさせることで、いざというときの避難経路を確認させたのだ。

「――すごいですね。俺は、てっきりこの階だけが、俺みたいな患者専用でそうなってるのかと思ったんですけど、全館そうなんですか？」

来生は、はっきり違いがわかる手摺りの感触から、自分が置かれた位置を想像してみた。

病院や病棟の造りは、どこもそれほど大差はない。自分の部屋を出たと同時に、左右に何があるのかがわかっているだけでも、視界のない来生には心強さが違う。

「そう。なんでも、ここの院長の兄さんのアイデアらしいよ。すでに亡くなっているんだけど、戦争でいろんなことを体験したらしくて。中でも視界を奪われるような場所や火災は、それだけで生きた心地がしなかったらしい。普段目に見えるものに頼りすぎているから、それを失うだけで、人は恐怖を覚える。起こさなくていい、パニックも起こす。けど、そうなって初めて五感を意識する。フルに発揮する。だから、あってはいけないことだけど、こんな手摺り一つでも、いざってときには人の命と心を救うかもしれない。そのための道標なんだそうだ」

「人の命と、心を救う道標」

「わかる？」

池田は、ゴムが張られた手摺りを握る来生に、あえて聞いてきた。

「はい。この手摺りを伝って、向かって左へ進めば、非常口なんですね？」

「そうそう。すごいよ、来生さん。途中の部屋に扉やなんかはあるけどね。とにかくたどって真っ直ぐに進めば、突き当たりが非常口だから」

的確に自分の位置を把握した来生を褒めながらも、いざというときの逃げ道だけは記憶に残るよう、再三口にした。

「わかりました」

「じゃ、とりあえずナースセンターに顔を出してから、本格的に院内ドライブといくか」

「はい」

そうして、車椅子は右に曲がると、院内巡りに向かった。

『優しいな、池田先生は。たぶん、先生にとってはなんでもないような会話なんだろうけど、一言一言に思いやりがあって、気遣いがある。きっと、普段からこんなふうなんだろうなって、自然に思わせる』

来生は他愛のない会話一つに胸を弾ませ、感動に浸った。

『この病院の人はみんな優しい。けど…、俺にはやっぱり池田先生が一番優しく感じる。もっと知りたい。もっと、親しくなりたいって、どうしても思ってしまう』

エレベーターフロアからエレベーターに乗り込み、車椅子は別の階に移動した。

降りた先で渡り廊下を渡って隣の病棟に入る。が、来生は着いた先が何科なのか、気配だけでわかった。

「ここは、もしかして小児科病棟ですか?」

「は⁉　どうしてわかったんだ?」

「匂いが違います。気配も、これまでいた場所とは、まったく違っていて…。微かに、子供の声が聞こえた気がして」

「本当にすごいな、来生さんは。でも、言われてみたら、そんな気がしてきた。ここの空気はなんか違うな。あ、そっか。だからこんなに違和感がないんだな、この絵が飾られていても」

池田は驚くと同時に、感心の言葉を漏らした。

「絵?」

「小児科の談話室に飾られてますよ。来生さんが描いたユニコーンの絵が」

そして、これを伝えたかったのだろう。池田は小児科の入口に設置されたプレイルーム兼用の談話室に来生を案内すると、飾られた絵の前で車椅子を止めた。

「ここに?」

来生の目には、ユニコーンがどう飾られているのかもわからない。

一度は見に来ようと思っていたのに、結局足を運ばないまま、今に至ってしまった。

「ええ。毎日ここで、子供たちに元気と夢を与えてますよ。そして疲れ気味の職員にも、癒しと安らぎを。早く見せてあげたいです。この絵を見ながら、ユニコーンの絵を描く子供もたくさんいるそうですから」

「――――…っ」

それでも、池田の言葉から日頃の光景を思い浮かべると、来生は胸がジンとなった。目頭も熱くなった。

「あ、すみません。余計なこと言っちゃって」

「いえ。そうじゃないんです。嬉しいんです。そんなふうに言っていただけて」

こんなときなら、多少涙腺が緩んでもいいかもしれない。来生は、思わず浮かんだ涙を自分で拭いながら、前に置かれているのだろう絵を見上げた。

「早く見たいです。そんな光景を…。この目で」

今は瞳に映っているだけで、見えてはいない。しかし、いずれこの目に光を取り戻したとき、そんな素敵な光景が見られるなら、来生はどんな努力もしようと思った。

「すぐに見られますよ。と、少し風に当たってみますか？　今日は暖かいから、多少なら外も回りますよ」

「はい。お願いします」

一日も早く手術が受けられるようになるためにも、まずは怪我の治療に専念しようと――。

来生を乗せた車椅子は、小児科を後にすると、院内にある中庭へ出た。

「風が気持ちいい。太陽が暖かい。不思議ですね。見えなくても光を感じるって」

そこは病棟と病棟の間に作られたちょっとしたスペースだが、ある程度の日当たりが確保されており、緑の木々や季節の花々が植えられていて、入院患者にとっても職員にとっても、手軽に憩《いこ》えるオアシスだ。

外からの目も気にする必要がないので、院内着に上着を羽織れば出てこられるのも、魅力の一つだ。

「来生さんの感性が強いんですよ。俺なんか、何から何までずぼらで鈍感だから、目に映ってても見えてないことがたくさんある」

池田は日当たりのよい場所で車椅子を止めると、しばらくはそこで話し込んだ。

「そんなことは…。池田先生はとてもマメだし、敏感だし。何より優しくて、きっと患者さんに大人気の先生なんでしょうね」

止まったことで、来生は周囲の気配や匂いをいっそう強く感じた。

これまでは気づかなかった自然の生命力さえ感じて、一度は萎《な》えたように思えた創作意欲まで掻き立てられる。

「うーん。おかげさまで患者には慕われてるかな。じいさん、ばあさんには、そうとうモテてるほうかもしれない」

「え？」

「担当が呼吸器外科ってこともあって、八割以上はお年寄りですよ。まあ、そうは言っても、そこらの若者より元気ですけどね。さすがに戦争体験してきた人たちは強いな〜って、感心させられるばかりで」

「あら、池ちゃん。べっぴんさんと何してんのよ」

するど、話題が話題だったからだろうか、一人の老婆が話しかけてきた。

「おいおい。そらこっちの台詞だろ。勝手に酸素外して、病室出てきて、何してんだよ」

池田の意識が逸れたが、これは仕方がない。来生は、声からして七十は超えてそうな老婆が相手だけに、やきもちより心配になった。勝手に酸素を外して、大丈夫なのか、と。

「何って散歩だよ。病室から梅の花が咲いてるのが見えてね…。近くで見たくなって」

「それなら、担当の看護師に言って、ちゃんと付き添ってもらわないと駄目だろう」

「固いこと言いなさんな。みんな忙しいのに、老い先短いあたしのために、手間はかけられな…っ…っく」

様子が見えないだけに心臓が止まりそうになる。いったい老婆はどうしたのかと思い、来生は動揺から頭を振った。すべての感覚を研ぎ澄まして、辺りの様子を窺った。

「それみたことか!! 誰か!! 誰か、来てくれ」

池田の慌て方からしても、ただ事ではなかった。倒れたかうずくまったかしたのだろう。

「まずいな――。来生さん、すぐに人を呼ぶか、戻るかしますから、少しだけここで待っていてもらえますか?」

「は、はい。大丈夫です。俺はいいですから、そちらの患者さんのほうを先に」

「すみません。しっかりしろよ、お梅《うめ》ばあさん!!」

来生が声を発すると、その後池田と老婆の気配は、すぐにそこから消え去った。

池田が抱えて病棟に駆け込んだのだろうが、周囲もしばし騒然としている。

『どうか、無事でありますように』

残された来生にできることは、老婆の無事を祈ることだけだった。

『――――あっ、寒っ。風が、急に強くなった？』

しかし、闇の中で吹き荒《すさ》ぶ風の強さに毛布を煽られ、すぐにそれどころではなくなった。

左手一本でどうにか押さえたものの、これでは心もとない。否応なく不安に駆られる。

『違う。そうじゃない。きっと、池田先生が俺の風上に立っててくれたから、わからなかったんだ。こんなに風が強かったことも、冷たかったことも』

それでも些細な発見から池田の優しさに触れることができると、来生は奥歯を噛み締めた。

どんなに強く冷たい風が吹いても、この場でジッと耐えられる。我慢できる気がした。

「ねえ。あれって、来生叶じゃない？」

「あ、本当だ。ここに入院してたんだ」

「可哀想にね。あんなに素敵な人が、失明なんて。しかも、売り出し中だっていうのに、事故の負傷でもう描けないんでしょう？」

しかし、そんな自然の風より何より、世間はもっと厳しかった。

来生は、通りすがった赤の他人に、突如として余命宣告をされた気持ちになった。

「でも、その事故の原因って、そもそも痴情のもつれだったって話だよ。しかも、男同士の三角関係」

「ええ!?　そうなの？」

「もっぱらそういう噂よ。なんでも、元同僚だったホストと、自分を売り出してくれた画商の二股をかけてたって。がっつりスポンサー抱えて、自分は好きなことだけやってきたらしくて…。綺麗な顔して、そうとうやり手だって、画壇の中でも悪評が高かったみたい」

どうしたらそんな話になるのか、見当もつかない。いくら、もともと自分をよく言ってくれる者より、悪く言う者のほうが多かった。特に脚光を浴びてからというもの、誹謗中傷が跡を絶たなかったとはいえ、さすがにそれはないだろうと悲憤が込み上げる。

「――――幻滅。それであんなファンタジーな世界とか描いちゃうわけ？　夢も希望もなくなっちゃう」

「しょせん、現実なんてそんなものでしょう」

「そっか」

いっそ悲鳴を上げるなり、怒鳴るなりできればまだよかったのだろうが、来生は啞然としてしまって、その場では俯くことしかできなかった。

抱え込んだ毛布の隅をクッと嚙み、池田の言葉を信じて、迎えが来るのを待つしかなくて。

「来生さーん。すみません、大丈夫でしたか？」

そうこうするうちに、声がした。

「浅香先生…？」

「そうです。すみませんでした。心細かったでしょう？」

来生は緊張していた全身から力が抜けた。

「いえ。大丈夫です。すぐにどなたか来てくれると思っていましたから。池田先生、そう言ってたし」

「よかった――――。本当に、すみませんでした」

謝罪と共に力強く握ってくれた浅香の手を、自分も懸命に握り返す。

「いえ。それより、池田先生の患者さんは？　お梅さん…でしたっけ？」

気持ちさえ落ち着けば、自分以外のことにも、気が向くようになる。

「今、処置中です。けど、心配ないですよ。池田先生や他のスタッフもついてますから」

「そうですね…」

「では、病室のほうに戻りましょうか」

「はい」

浅香の言うように、池田たちが全力を尽くしているのだろうから、いい結果になるのを信じるしかない。

来生は浅香に車椅子を押されると、ひとまず部屋へ戻る。

「それにしても、俺はあんまり絵のこととか詳しくないんですけど、小児科にある絵がかなり好きなんですよ。疲れたときに、こっそり見に行ったりして」

気を遣ったのだろうか。移動しながら浅香がユニコーンの話を切り出した。

「そうなんですか。ありがとうございます」

言葉ではそう返しても、心から喜べない。来生の耳には先ほどの噂話がこびりついて、上手く気持ちがコントロールできないでいる。

「で、結局自分のが欲しくなって、購入しちゃったんですけどね。なんていうか、こうして来生さんと接するうちに、尚更親しみが湧いちゃって。おかげで毎日癒されてますよ」

だが、ここまで言われてしまうと、さすがに意識が傾いた。

浅香がお世辞を言ったわけではないのがわかって、落ちた気持ちが少し浮上した。

「本当ですか？　嬉しいな。浅香先生のお部屋に飾られてるのは、どの絵なんだろう」

「小児科にあるユニコーンと同じ絵ですよ。ただし大きさは半分ぐらいで、背景が海のものですけど」

「――――え⁉」

「森もいいけど、夜の海もいいですよね。でも、あのユニコーンがやっぱりいいな。目が優しくて、二頭が愛し合ってる感じが特に」

だが、浅香が嬉しそうに話すうちに、来生の顔はみるみる強張った。

「あの、すみません。それは、俺の絵なんですか？」

「は？」

おかしなことを聞かれて、浅香も首を傾げて聞き返す。

「いえ、ごめんなさい。先生、一つお願いしていいですか？」

「なんでしょう」

「ご購入されたという絵を、見せていただくことは可能ですか？」

「――――は？」

「あ、いえ。正確に言えば、確認させてください。この手で」

浅香はいまいち理解できないといった反応をしていたが、来生のほうは真剣だった。どことなしか声が震え、毛布を摑む手さえ震え始めている。

「はい…。いいですよ。連れが部屋にいるんで、出勤するときにでも持ってきてもらいます」

「すみません。わがまま言って」

来生は、浅香に絵を持ってきてもらう約束をすると、嫌な予感に身を震わせながら、ベッドの中でいっとき待った。

浅香が同棲しているという相手が絵を持ってきてくれるのを、ただジッと――――。

5

突然心臓発作を起こした老婆の対応と処置に追われた池田が、どうにか最悪な事態だけは切り抜け、休憩室でホッと一息ついたのは夜になってからだった。

「はぁ⁉　贋作《がんさく》が出回ってる？　画商と修羅場だ？」

予期していなかった浅香からの報告に、池田や同席していた黒河は反射的に席を立った。

「はい。いや、正しく言うなら、途中まで描いたのは自分だけど、それを仕上げたのが他人ってことなのかな？　なんか、よくわからないんですけど。とにかく、俺が買ったのが、その妙な絵だったらしくて。それで今、売りに出した男を呼びつけて、大修羅場に…」

とにかく来てと浅香に急き立てられて、池田と黒河は病棟へ走った。

「それにしても、奇妙な話だな。丸ごと他人が描いたっていうほうが、まだしっくりくる」

池田はエレベーターに乗り込むと、改めて首をかしげた。

「ですよね。でも、来生さんがじかに触って、これは確かに自分の絵を勝手に仕上げられたものだって。丸ごと他人が描いたものじゃないって言うんで…」

「触って？　絵って、手で触って絵柄がわかるもんなのか？」

「わかりません。俺にはさっぱり。でも、来生さんが確認するのにも立ち合いましたが、確かに彼は片手で触って、ここは自分で、これ以外は他人だって説明してくれて…」

浅香は目の前で来生が絵を確かめたの見ていただけに、余計に不思議そうだ。

「――ようは、五感の中でも、飛び抜けて触覚が優れてるってことだろう。わかりやすく言えば、術後の縫合を触るだけで、誰がやったのかわかるっていうのと一緒で」

それを聞いていた黒河が、自分たちならと、置き換えて例えてみた。

「そんなのわかるの黒河先生ぐらいです。俺は、目で見てもわかるのは何人かぐらいです。余程上手いか、下手か、特徴がないとわからないですよ。ね、池田先生」

「だな。一目でわかるのは、黒河と清水谷。副院長に外科部長ぐらいか？　下手な奴だと…、やめておこう」

浅香と池田は、そんな例えに行きつく黒河の感覚そのものが自分たちとは違うことを再認識して、顔を見合わせ苦笑いが浮かべた。

「と、派手にやってるな」

だが、横道に逸れた話は、エレベーターを降りるまでだった。三人はフロアに立った瞬間、聞いたこともない来生の怒声を耳にした。

「だから、ごまかさないでください。どういうことだか説明してください!!　どうしてこんなことになってるんですか⁉　いったいあの絵は、誰が仕上げたものなんですか⁉」

部屋の前には、どうしていいのかわからず、立ち往生している看護師たちがいた。

それをかき分け、すぐさま池田が部屋へ飛び込もうとしたが、そこは黒河に止められた。

自分たちが介入すると、肝心な話が聞き出せない。おそらく、この先は本来他人には聞かせたくない内容のはずだけに、黒河はそれを聞き出す手段として、ここはしばらく見守ることを提案したのだ。

「来生叶だよ」

「俺は描いた覚えはありません。あれは、途中でやめたものです」

「どうしてわかるんだい。見てもいないのに」

池田も納得し、誰もが部屋の前で、二人の会話に耳を澄ませた。

「目で見なくたってわかります。たとえ、同じ号数で同じモチーフで描かれたとしたって、自分で描いたものじゃないってことぐらいは、画面に触れればわかります‼」

来生はきっぱりと言いきった。

「とても、巧妙に仕上げられています。贋作専門の画家が描いたのかと思うほど。筆のタッチまでよく真似されていました。大概の人なら、ごまかされてしまうでしょうね。俺自身、まだそんなに作品を世に出してないし。知られてないし。何より、俺自身の描き方だって、まだまだ固定されてない状態ですから。あれが来生叶の絵だと言われても、そうじゃないと言いきれるのは、俺と描いた本人と瀬木谷さん、あなたぐらいでしょう」

見えない彼にそんなことができるのかと思うが、実際彼にはわかるらしい。

この辺りは、相手の画商も侮《あなど》ったのだろう。それ以前に、まさかそんな絵を偶然にもこの病院の職員が購入するとは、思ってもみなかったのだろうが。

「でも、でもあれは俺が全部描いたものじゃない‼　来生叶の絵じゃない。なのに、どうして、どうしてこんなことをする必要があるのか、俺にはわかりません。理解できません。俺は、こんなことをされるために絵を預けたんじゃありません」

「今は理解できなくても、いずれは理解できるし、納得するよ」

　来生の剣幕に押されてか、ようやく瀬木谷が説明し始めた。

「ふざけないでください」

「ふざけてなんかいないさ。本気だよ。この先、君は必ず私に感謝するはずだ。たとえこのまま描けなくなっても、来生叶の名前が世に残ることに。新たな作品が定期的に出回り、世間が君を称賛し、今後も不動のものになることに」

「何を言ってるのか、意味がわかりません。俺は一生こんなことに感謝なんかしません。俺は、拙《つたな》いながらも一人の絵描きです。一つのものを誰かと共作した覚えもなければ、世界観を分け合ったこともありません。俺が描き続けてきた世界は、俺のものです。そして、その絵を好きだと言ってくれた、その人のものです。それ以外の誰のものでもないはずだ」

　瀬木谷の言い分は、来生でなくても理解不能だった。

　聞けば聞くほど、池田も黒河も眉間にしわが寄った。

「ずいぶん一人前の口を利くようになったね。自分の力だけでここまで来たと思ったら大間違いだよ、叶くん」

　しかし、瀬木谷は声色を変えたかと思うと、突然来生の顎に手を伸ばした。

「――――っ」

きつく摑むと、脅すように吐き捨てる。

「君は、いったい誰のおかげでここまでになれたと思ってるんだ。確かに君はいい絵を描く。才能もある。だが、今の世の中それだけじゃ、売れないんだよ。そんな描き手はごまんといるんだ。絵で食っていくなんて夢のまた夢で、一際目立つ存在になるためには、売り出すことに徹したプロデュースが不可欠なんだ」

その言い方にも腹が立ったが、池田が聞き捨てならずに部屋へ飛び込もうとして黒河に止められたのは、瀬木谷の態度に対してだった。

目の見えない来生に対して、なんの配慮もない。気遣いもなければ、労わりもない。

こんな状況で、こんな威嚇をされることがどれほどの恐怖を生むか、瀬木谷は想像さえしないのだろう。それが、我慢ならなかった。

「だから、私はそこに徹しただけだ。君は君が描く絵と同じほど美しい。これはこれで才能だ。素質であり、他の者にはない売れるための重要な要素だ。だが、私がこれらの才能をフルに生かして宣伝してやらなければ、君は未だに売れないクラブホストのままだっただろう。君のように、ただじっとチャンスを待っているだけでは、何も手に入らないからな」

「瀬木谷さん…」

「それでも、叶くん。きつい言い方をしてるが、これはこれで私の愛だ。私は君も君の描く世界も愛している。だからこそ、何があっても守りたいし、絶やしたくはない。それだけのことだ」

とどめにこの言い草。さすがにこれには、黒河も切れた。

引き止めていた池田から手を離すと、猛獣を飛びかからせるように、部屋の中に送り込んだ。

「それが贋作販売の大義名分かよ。ようは、犯罪だろう。詐欺じゃねぇか」

それでもいきなり相手を殴りに行かないのは、池田の理性だ。

罵倒したいのを我慢し、極力声や口調を抑えているのは、これ以上来生を脅かさないためだ。

「無関係な方には立ち入ってほしくない話ですね。これはいわば、私と来生叶の仕事上の話であって、他人がどうこう言ってくる話じゃない。彼の作品に関しては、私がすべての権限を預かっている。多少事後承諾になった部分はあっても、それだけの話だ」

「池田先生…っ」

しかし、来生が池田の存在を確認すると、これ以上の我慢は利かなかった。

ここは病室だとわかっていても、池田の声が大きくなった。

「何がそれだけだ‼ 浅香はな、来生叶という絵描きが全部描いたものだと信じて、こいつを買ったんだぞ。それが別人の手が加わってたって、詐欺以外の何ものでもないだろう」

「お言葉を返すようですが、これを買った方は、単に来生叶の世界観を欲して買ったに過ぎないでしょう？ 来生自身の何かを知ってて、また作品そのものを理解しきって買ったわけじゃない。ようは、ブランドもののバッグを買うのと同じ感覚ですよ。来生叶は、すでにブランド化された我が社の商品なんです。その名と世界観のもとに何人もの描き手がいたところで、買う側はブランド名と世界観しか求めてないんですから、なんの問題もないんです。もちろん、中には来生本人が描いたものに執着する方も出てくるでしょうが、そういう方はそれなりの金額を出せばいい。

それだけことですから、詐欺でもなんでもありませんよ。実際、この絵を売るときにも、来生叶プロジェクトの名で出してますしね」

それでも瀬木谷は、呆れるぐらい自分勝手な正論を突きつけてきた。

「だったら、素直に複製画とかってやつでいいんじゃねぇのかよ。買うほうだって、来生さんだって、そのほうがよっぽど納得できるだろうに。それを別の奴にまで描かせるから、おかしなことになるんじゃねぇのか⁉」

「ですからそこは、ブランドデザイナーと同じ考え方だと、ご説明したじゃないですか。多くのブランドが創業者を亡くしながらも、その意思と製品を守っていられるのは、次世代のデザイナーを常に用意してるからです。いっそこう言ったほうがわかりやすいですかね。初代来生叶がいて、二代目来生叶がいるようなものだと」

池田は話にならないと判断し、とうとう瀬木谷の胸倉に摑みかかった。

「な、貴様っ‼」

「池田‼」

今にも殴り倒そうとした池田の拳に飛びついたのは黒河だった。

「おっと、こんなところで暴力ですか。いいんですよ、殴るなら殴っても。出るところに出るだけです。こっちにはちゃんとした契約書もあるんです。来生叶個人と契約した、これまでに描かれた作品に関する販売委託および、販売権委任の契約書がね」

「なんだと！」

池田

こんなところで裁判沙汰になっても、得をするのは瀬木谷だけだ。

瀬木谷なら、スキャンダルが起これば起こるほど、それを商売に利用するだろう。

それがわかっているだけに、黒河は池田に「我慢しろ」と耳打ちした。今だけは、ここでは、これ以上あいつをつけ上がらせるなと、必死で説得した。

「――――叶くん。とにかくこの件に関しては、悪いようにはしない。君が一生食うに困らないよう、ちゃんとプロデュースしてあげるよ。だから、今は大人しく怪我を治すことだけを考え、その綺麗な顔に傷が残らなかったことだけでも幸いに思って、一日も早く退院できるように努力することだ。そうでないと…」

そうこうするうちに、瀬木谷は話を終わらせ、立ち去る構えを見せた。

『そうでないと…来生叶の世界は、顔も見たことのない贋作画家のものになる。瀬木谷画廊のブランド商品になるだけでなく、いずれ次々と新作を出されて、気がつけば赤の他人がオリジナルになってしまう。二度と描けない、俺の代わりに――――ってことか』

来生は青ざめた表情のまま、見えないその目で厳しい現実ばかりを見つめていた。

「わかったね。では、先生、よろしくお願いします。来生はうちの大事な看板画家ですから、くれぐれも慎重な対応でお願いしますよ」

瀬木谷は、身を翻《ひるがえ》すと嫌味ったらしく会釈をしてから、部屋を後にした。

「貴様、どこまでっ」

「やめてください、池田先生!!」

追いかけてでも殴り倒そうとした池田を最後に止めたのは、来生の悲鳴だった。

「来生さん。しかし」

どんなに口調を抑えても、池田の腸《はらわた》が煮えくり返っているのが伝わってくる。

もちろん、池田がこれほどの苦渋を味わっているのだから、来生本人のことを考えると、いても立ってもいられない。

「いいんです。俺が、俺が…馬鹿だったんです。ただ、それだけです」

しかし、来生が池田や黒河たちに向けたのは、悲しいぐらいの自嘲の笑みだった。

「来生さん」

「先生には、理解し難いことかもしれませんけど…。こんなことになっても、俺のことを幸運な絵描きだって言う人は、たくさんいると思います。瀬木谷さんからこれだけ商品価値を見出されるなんて、ラッキーな男だって」

まるで、騙す奴より騙される奴が悪いんだと言わんばかりの、憔悴《しょうすい》しきった微笑だった。

「それより浅香先生、すみませんでした。せっかく購入していただいたのに。気分よく飾ってもらっていたのに、本当にごめんなさい」

それでも、その場に居合わせた池田たちを何より切なくさせたのは、来生が見せた画家としての後悔と反省だった。自分がこんな目に遭いながらも、偽作としか言いようのない絵を買ってしまった浅香への謝罪と気遣いだった。

「っ、来生さん」

「ごめんなさいっ――――っ」

それでも、「もう、泣かない」と決めたはずの誓いを守りきるのは難しかったようで、来生はベッドで泣き伏すと、その後は誰も寄せつけなかった。

池田にさえ、背を向けた。


現状では、どうすることもできない無念さに、池田や浅香たちも気落ちしていた。

いったんナースセンターのデスクに腰を落ち着けるも、気が治まらない。

どうにかして瀬木谷に一泡吹かせてやれないものか、来生の作品を守ってやれないものかと思うが、自分たちが騒げば騒ぐだけ、瀬木谷の思う壺な気がした。

たとえ裁判を起こしたところで、傷つくのは来生だけ。結局すべてを儲けに繋げてしまいそうな瀬木谷に一太刀《ひとたち》浴びせるには、自分たちがあまりに無力な気がして――――。

「ようは、完治してまた新しい絵を描けばいいってことだよな」

しかし、黒河はいつになく険しい顔をすると、居直ったように言った。

「黒河」

「契約してるのは、これまでに描いて預けてあるものだけだ。この先、来生叶本人が描くものに関しては、本人の自由だ。決してあのクソ画商の手には渡らない。渡りさえしなければ、どんなに屁理屈捏《こ》ねたところで、エセはエセだっていうボロが出る。結局オリジナル以上のものを描けるのは、当人だけだろうしな」

そもそも治療の結果が出てもいないのに、来生が再起不能のように言われることにも、そうとう腹が立っていたのだろう。瀬木谷の傲慢すぎる態度は、黒河の医師としての誇りと意地に火を点けたようだった。

「黒河先生…」

「そして、当人が作品を発表し続ける限り、来生叶の作品は、来生叶だけのものだったってことが、いずれ周囲にも伝わっていく。買い手だってそこまで馬鹿じゃない。来生叶二代目作なんてものに金を払うなら、オリジナルの複製画を選ぶだろうし。多少高額であってもいいっていうファンなら、一点物を欲しがるはずだし。企業だってそうだと思うからな」

黒河は、浅香に淹れてもらったまま手つかずだったココアのカップを手にすると、味も確認しないうちに追加のシュガーを足し入れた。

「それに、あの画商が言ったことは、いい意味で当たってる。来生叶の描く絵は、彼が描いているから、付加価値がついてるんだ。本人を知ってるのと、知らないのとでは、絵を見る意識さえ変わってくる。絵にも描いた本人にも、不思議な愛着が起こってくる。これは彼ならではの魅力だ。そうだろう？　浅香」

余程憤慨しているのだろうが、次から次へと追加のシュガーを入れていく。

「あ、はい。それは確かに、実感してます。たぶん、ここで来生さんと知り合っていなかったら、俺はこの絵で普通に満足していたと思います。それこそ、別人が仕上げたものだとわかっても、ブランドの正規品を買ってるんだから、まあいいかって」

浅香は、すでに自分が黒河のココアにシュガーを足して出したにもかかわらず、そのことさえ忘れて、ユニコーンについて感想を述べた。

「けど、俺は来生さんっていう人をじかに知って、これまで以上に彼の絵に愛着を感じた。だから、今は裏切られた気持ちでいっぱいです。この絵を部屋に飾りたいとは思えなくなってます。だって、この絵からはもう来生さんの笑顔は浮かばない。彼の悔しそうな、無念そうな顔しか浮かばないですから」

小児科で見て気に入ったとはえ、どうして買い求めるまでしたのかと考えれば、来生本人と接したからに他ならない。

ミーハー根性が出たのも確かだが、絵と同じほど来生本人に魅了されたのが一番の理由だ。

大怪我を負い、視力まで奪われた彼が、それでも精いっぱい周りに気を遣って笑ってみせる。その健気《けなげ》さと必死さに心を打たれて、また彼自身にも喜んでほしいという気持ちもあって、浅香はあの絵を見つけたときに、衝動買いをしてしまったのだから。

「そんなもんだ、人間の感情なんて。ま、この贔屓目《ひいきめ》ってやつを、本人がどう思うかわからないが、奪われたものを取り返すには最強の武器だろう。だからこそ、俺たちにできることは、最善の治療あるのみだ。彼にもう一度、絵筆を取ってもらえるように、努力するだけだ」

「だな」

「ですね」

池田と浅香は、黒河の言葉に力強くうなずくと、そのためにも仕事に戻ろうと席を立った。

「――――うぐっ」

が、自分もココアを飲み干して、と思った黒河だけは、砂糖漬けになったココアでむせてしまい、それどころではなくなった。

「あ、何してるんですか、先生。いくら甘党っていっても、こんなに入れるぐらいなら、砂糖をそのまま舐めてくださいよ。そうでなかったら、ブドウ糖舐めるとか」

どう考えても、これはミスだ。単にイライラしていたから、シュガーを入れ続けていたことに気づかなかっただけだろうに、それを見抜きながらも責めてくる浅香に、黒河は力いっぱい嫌な顔をした。最後はピリピリとしていたナースセンターの中を笑いで満たして、今夜の持ち場に戻った。

「ふっ」

池田はそれを見て笑った。

病棟の明かりが消えた頃、夜勤だった池田は仮眠時間を利用し、来生の様子を見に行った。

『それにしても、あの画商。そもそも来生さんが事故を起こした原因が、自分にもあるってことがわかってんのか？　何が、君も君の描く絵も愛してるだ。テメェが愛してるのは、自分だけだろうが。どんな敏腕画商だか知らないが、反吐が出る傲慢さだ』

あんなことがあった後だけに、眠れぬ夜を過ごしているのではないか、泣き伏しているのではないか、場合によっては自棄《やけ》になって、自虐に走っていなければいいがと心配になり、一人特別病棟に足を向けていたのだ。

『あんな野郎に渡せねぇ。二度と、会わせねぇ。そんなことをするぐらいなら、俺が…』

池田が部屋の前まで来ると、中はシンとしていた。

『と、寝てくれてるか?』

物音を立てないように部屋に入り、静かに扉を閉める。

しかし、月明かりだけが差し込む一室で池田が目にしたものは、病室の窓から身を乗り出す来生の姿だった。

「ぁ――――馬鹿、早まるな」

池田は声を上げると同時に、来生のもとへ走った。

多少は落ち着いてきたとはいえ、来生は自力で歩行するには、まだ激痛を伴う身体だった。

骨折している左の大腿骨はギプスで固定してある分それほどでもないが、三本もの肋骨にヒビが入っている胸部は包帯で固定するしかないだけに、痛みは並々ならぬものがある。

他に怪我がなければ、庇う仕草もできるだろうが、来生が自由にできるのは軽傷だった右足と左手だけだ。

歩くのも精いっぱいで、胸部を庇える状態にはない。しかも彼は盲目だ。

「止めないでください、池田先生。お願いですから、死なせてください」

それでも今の来生には、肉体の痛みより精神の痛みのほうが何十倍も大きかったのだろう。

その痛みから永遠に逃れるためには、どんな無茶でもできるというところまで追い詰められていたのだろう。

「何馬鹿なこと言ってるんだ」

「俺は、もうどうしていいのかわからない。けど、瀬木谷の思い通りにだけはなりたくない!!」

来生は、池田が身体を押さえて止めにかかっても、その腕から逃れようとして身を捩った。

「結局誰も俺のことなんか…、俺自身のことなんか心配もしてないし、愛してもいない。俺なんかどうなったって構わないし、死んだほうがいい」

「そんなはずないだろう」

「いいから、ほっといてください」

痛みも何も顧みない激情だけで暴れて、池田の腕さえ拒絶した。

「ほっとけるか！　こっちが必死で救った命を、なんだと思ってるんだ」

「なんとも思ってないですよ!!」

「っ!?」

感情のままに叫ばれて、池田が息を呑む。

「なんとも、思ってなんかないです。俺は運なんかよくないです。むしろ、最悪です」

池田のことさえ構えなくなっていた来生は、もう我慢の限界を超えていた。

壊された理性が、むき出しになっている。

「あのとき助からなければ、こんな思いしなくてすんだ。少なくとも、もう二度と描けない自分も、自分の作品を横取りされることも知らずにすんだ」

こんなことを言わせるために、助けたんじゃない。

こんな思いにさせるために、助けたんじゃない。

池田は込み上げる悲憤を抑えながら、来生の身体を抱いて窓の内側に腰を落とした。

「暁生にも、瀬木谷さんにも裏切られる自分を知らずにすんで…。誰にも愛されてない現実も知らずに眠ることができた。俺は、俺だけの世界に逝くことができたのに、なんで助けたりしたんですか!!」

「――――少し、落ち着けって」

多少怪我が悪化するのは覚悟の上で、とにかく暴れる来生を抱き締め、その手も押さえた。

「あなたになんかわからない!! もう、同情も職務意識もほしくない」

頑丈な肉体で動きを封じられ、思うようにならない来生の怒りといら立ちが、容赦なく池田に向けられる。

「そんなんじゃねぇから」

「だったらなんなんです!! 人としての良心ですか? そういうのを同情って言うんですよ。好意でもなんでもない。俺が欲しいものじゃない」

「いい加減にしろ。だったらお前は何が欲しいんだ!!」

思わず池田の口調も荒くなった。

「少しは目を覚ませ。俺の言うことも聞け」

細い頬をグッと摑むと、興奮しきった来生の顔を自分に向かせた。

来生の澄んだ瞳には、夜空に浮かぶ月が映り、そしてやるせない表情をした池田の顔が映っていた。

「この目は、手術ができるようになればもとに戻る。この手にしたって、努力次第で結果は変わる。お前はあの男に、自分はまだ変化し続けている描き手なんだと言ったんだから、いいように変化していくことだって可能なはずだろう？」

池田は来生が大人しくなると、子供を諭すような口調で問いかけた。

「なくしたもの、奪われたものを取り返すこともしないで、悔しくないのか⁉　すべてを投げ出す勇気があるなら、取り戻すための努力と勇気にもなるんじゃないのか？」

「そんなの綺麗事です」

だが、限界を超えた来生には池田の声さえ届かないのか、彼の懸命な説得にも冷ややかな口調で否定するだけだった。

「ああ、そうかもな。結局俺はお前じゃないから、今のお前がどれほどの痛みを抱えてるかなんてことは、わからない。どんなに努力したところで、これぱかりはどうしようもない。医者としても個人としても、俺はお前じゃないからわからない。この程度の男だよ」

可愛さ余って憎さ百倍。だが、やはりそれ以上に愛おしくて、自分の声を聞いてほしくて、池田はふて腐れたことを言いながらも、来生の手をしっかりと握った。

「けどな、お前がこんなところで死にたくないと訴えてきたことだけは知っているんだよ。俺の手を握り返したこの手が、まだ生きていたい、まだ何かしたいと訴えてきたことだけは、誰より知ってるんだ。そして、助かると感じた瞬間にどれほど歓喜したか、浮かべた微笑がどれほど綺麗で素直だったか、お前自身は知らなくても俺はこの目で見たんだよ。この心で感じたんだよ。お前の生への執着をな!!」

握り締めた華奢《きゃしゃ》な手が、これまでどんな思いを自分に伝えてきたのか、それを来生に伝え返した。

「────っ」

来生は、何度も求めては握り返してもらった手の温もりを思い出したのか、池田の腕の中で小刻みに震え出すと、嗚咽《おえつ》を漏らした。

「生きることは難しい。決して簡単なことじゃない。何を幸福、不幸と捉えるのも個人差で、他人が計れるものじゃないこともわかってる。けどな、それでも人は生まれたら死ぬまで、生き続けようとする本能を持ってるんだ。生きて、生きた証を残そうとして、生命を全《まっと》うするようにできてるんだよ」

傷つきすぎた心を癒そうとする大きな手は、一定のリズムで来生の髪を撫でつけた。

「今は、そんな気になれないかもしれない。こんなときに、あんなひどいことを言われて、されて、失望だとか絶望だとかそんなもんばっかりかもしれない。けど、この目に光を取り戻したら、気が変わるかもしれない。この手に自由を取り戻したら、全部吹っ切れるかもしれない。その希望や可能性が未来に残ってるんだから、ここで一度だけ踏みとどまってくれ」

いつしか二人の鼓動が、共鳴し合う。

来生は池田の胸に寄りかかって、ヒクヒクとしゃくり続けている。

「欲しいものがあるなら、それを手に入れてから今後を考えたって遅くないだろう？　たとえ、それが手に入らなかったとしても、別の何かが得られるかもしれない。その可能性まで、自分で消すことはない。生きている限り、チャンスは何度だって訪れる。諦めなければ、欲し続ければ、必ずこの手に摑む日が来る」

「っ…、無理です」

だが、心もとない声で呟くと、来生は池田から身を離した。

「何が無理なんだ。どうして、無理って決めつける」

「だって、それでもきっと一番欲しいものは手に入らない。先生は、俺のことなんか愛してくれないでしょう？」

痛む胸部を押さえながら、悲愴感さえある微苦笑を浮かべる。

「――――っ⁉」

その告白に、池田の胸の鼓動が一際大きく高鳴った。

「気持ち悪いこと言って、ごめんなさい。でも、見えなくなって、描けなくなって初めて気づいたんです。俺がずっと求めてきたものがなんなのか。これまでいったい何に飢えて、それが手に入らないがために、描くことで自分の気を紛《まぎ》らわせてきたのか」

締めつけられるような痛みを伴いながらも、早鐘のように鳴り響いている。

「俺は、一度でいいから夢中で誰かを愛したかった。同じぐらい愛してほしかった。けど、それは無理な話で――――。なのに、もう、俺にはその気を紛らわす術もな…‼」

勝手に自己完結しようとしている来生を、我慢できずに抱き締める。

「っ⁉」

「だから、どうして無理って決めつける」

怪我がなければ、力の限り抱き締めたい。それが叶わないいら立ちが、池田の口調からも表れる。

「やめてください。そういう優しさは、惨めなだけです。胸が痛くなるだけです。同情はいらないって言ったでしょう。職務意識もいらないって‼」

来生は、誰も信じられなくなってしまったのか、池田の告白さえ退けた。

「そんなものでこんなことできるほど、俺はめでたかねぇよ」

こんなときに気の利いた言葉が出てこない。そのもどかしさは、池田本人にしかわからない。

「十分おめでたいですよ‼　でも、それは俺が求める愛じゃな――――⁉」

池田は、どうにもこうにもできなくて、結局来生を抱き締め直すと、その淡く色づいた唇を奪いにいった。

気持ちのどこかで罪悪感を覚えながらも、歯止めの利かなくなった本能のままに、無抵抗な唇を犯していく。

「…っ」

逃れることのできない腕の中で、来生は戸惑っていた。

高ぶるだけ高ぶった感情が冷めやらぬうちのことだけに、何が起こっているのだろうと、困惑さえしているようだった。

「これ以上求めたかったら、早く怪我を治せ。俺も全力で治療に当たる。いや、黒河のケツ叩いて、治療に当たらせるから。リハビリも、手伝うから」

しかし、一度唇を離した池田が、堪え切れない欲望をのぞかせると、来生は恐る恐る左手を池田の顔に伸ばしてきた。

触れたばかりの唇を探り当てると、「本当に？」と、確かめるように小首を傾げる。

「…マジだよ」

池田はその手を握り締めて、手の甲にキスをした。

「――――先生…っ」

そしてその後は、疑い深くなった唇に唇を重ねて、一度目よりも激しいキスをするが、黙って口付けに応じた来生の目からは、どうしてかポロポロと涙が溢れ始める。

「ごめんなさい。俺、俺は…本当に、なんて最低なこと…」

唇を離したとたんに泣きじゃくり、謝罪の言葉を繰り返す。

「っ…来生さん？」

「先生の優しさにつけ込んで、命を盾に取って、わがままばっかり言って。しかも、こんなことまでさせて…。本当、どこまで最低なんだろう…っ。ごめんなさい…っ」

動揺する池田をよそに、これはこれで正気に戻った証なのだろうが、来生は自分がどれほど愚かなことをしたのか、またそのために池田にまでさせてしまったのかと悔いて、そのまま泣き崩れて話にならなくなってしまった。

「もう、消えたい…。いっそ消えて、なくなってしまいたい」

何もかもが堪え切れなくなったのだろうか、子供に帰ったように声を上げた。

「いや、あの…。そういう感情でこんな真似できるほど、俺はできた人間じゃねぇんだけど。むしろ、傷心につけ込んでるのは、俺のほうだろうし」

そんな来生相手に、やはり池田は上手く言葉が出なかった。

上手く説明できない分、行動で表すしかなくて、今一度抱き締めると、涙で濡れた頬に軽く口付けた。

「…?」

さすがにここまでされると、来生にも池田の本気が通じたようだった。

「とりあえず、この件に関しては、もう少しゆっくり考えるってことで。俺はともかく、来生さんは冷静な判断ができる状況にない。それは確かだから、な」

「そ、そんなことありません!! 俺は先生のことが好きです。池田先生のことが…好きです」

理解したとたんに、ご破算にされそうになって、慌てたのだろう。来生は必死になって池田の提案を覆《くつがえ》すと、自分の気持ちを訴えた。

「できることなら、先生の恋人にしてください」

ここまではっきりと言えば、勘違いのしようもないだろう。そんなストレートな言葉を、池田にぶつけた。

「そっか…。なら、早く快気しよう。慌てず、急がず、けど諦めずにな」

池田は来生からの告白が嬉しいよりも、ただただ愛しくて愛しくて仕方がなかった。

来生の何もかもが可愛く思えて、つい二十四にもなる来生の頭を、いい子いい子と撫でてしまった。

「はい」

来生は、それでも満足そうにうなずいた。

痛む胸を我慢しても、もう少しだけ池田に触れていたくて、抱かれていたくて、その場で寄り添い続けた。

「二度と、死のうなんて思うなよ」

「―――はい」

冬の澄んだ夜空に浮かぶ月が、いつになく輝いていた。

直に季節は変わり、春を迎えようとしていた。

来生にとっても、池田にとっても、暖かな春を―――。

＊＊＊

翌日のことだった。

「春が来た、春が来た、どこに来た〜。山に来た、里に来た、池田《いけ》に来た〜。おめでと〜」

一夜明けて、なぜかどんよりとしている池田を前に、黒河は妙にはしゃいでいた。

たまたま休憩室に二人きりだったこともあり、歌に踊りの大奮発だ。

どこから持参したのか、クラッカーまで鳴らしてくれた。

きっと昨夜は黒河使用マニュアル無視でそうとう酷使されたのかもしれないが、何にしても今朝の黒河は異常なほどハイだった。どうりで誰も近づいてこないはずだ。これはこれで池田からしてみれば、立派なセクハラだ。

「そんなんじゃねぇよ」

だいたい、どこからバレたのか⁉

そんなことを考えたところで、もう遅い。

普段から噂話には耳を貸さない黒河でさえ知っているということは、外来の売店に納品に来る業者でも知っているということだ。おそらく池田が担当している入院中のご老人たちなど、孫の良縁を祝福するような勢いで、今日の検診を待っているだろう。相手の来生をじかに見ている老女など、今頃同室の患者に何を自慢しているかわからない。

それほど限られた空間内での噂話の伝達は早かった。秘め事ならば電光石火の勢いだ。

「じゃなんだよ。毎日仕事帰りに通ってるのは、同情か？　職務意識か？　単なる性格で…っていうなら、やめておけよ。相手を傷つけるだけだからな」

「そういうんでもねぇよ」

だが、池田が塞ぎ込んでいるのは、そういうことではないらしい。

朝から浮かれた黒河は、かなり出鼻を挫かれる。

「なら、なんだよ」

「ぶっちゃけ、医者として見捨てられなかったっていうのがまったくないって言ったら、嘘になる。けど、それ以前に俺は、来生さんの傷心につけ込んだ。もっと時間をかければ、他に元気づける方法があったかもしれないのに。俺は欲に駆られて、一番簡単な方法を取ったような気がしてならない。自分に都合のいいだけの、安易な解決方法を」

池田は、黒河ならいいかと、胸の内を明かした。

手にしたブラックコーヒーがいつにもまして苦いのは、気持ちの表れだろうか？

「けど、そういう方法を望んだのは、向こうだろう？」

「来生さんは、俺に会ったときから、まともな判断ができるような状態にはないって。一日前に出会っていたら、気持ちは全然違ってただろうし。今は、現実が見えてないだけだ。気持ちも、視界も真っ暗でな」

「いまいちわからねぇな。なんで、お前がそこまで卑屈になってるのか。出会いが一日早かろうが一年前だろうが、お前が普段どおりの接触をしていたら、結果的にはこうなってたと思うぞ」

黒河は白衣のポケットに両手を突っ込むと、テーブルに向かっていた池田の横の席にもたれかかった。

すらりとした長身に整った横顔は、いつになく池田を刺激する。

「それに、今の来生さんにとってお前は光だ。それもリアルな闇と絶望の中で見出した、たった一筋の。それに執着したとしても、人として不思議はない。恋愛感情に発展したとしても、同性同士での交際経験があるなら、自然ななりゆきだ。彼は自分に正直に、そして素直に行動し、お前の理性をぶち壊しただけだと思うけどな」

純粋に池田が好きな黒河には、池田がどうしてここまで後ろ向きなのかがわからない。

「じゃあ、今見えてないだけで、他に光があったら？」

「そのときは、お前がもっと強く明るい光になればいい。本気で惚れて、惚れさせてしまえば、それで一件落着だ」

だから自信を持って口にする。

「本気でね」

「そ。つけ込んでるっていう自覚が後ろめたいなら、それが気にならなくなるほど、お前自身が全力で惚れればいい。だからって相手の気が変わらない保証はないが、そんなものは普通の恋愛にだってあることだ。あって当たり前のことなんだから、今考えたってしょうがないだろう？」

当たって砕けたどころか、大成功したのに何が不満なんだと、笑ってみせる。

「せっかくなんだから、日頃から真面目に生きてるお前に、これは恋の神様が与えてくれた絶好のチャンスだと思っておけばいい。心の隙はつけ込むためにあるもんだ。俺だってそうやって朱音をものにした」

池田はそれでも、なかなか浮上しなかった。

「お前のは、違うだろう。先に白石さんのほうが――――あ…」

売り言葉に買い言葉というわけではないが、白石の話まで口にして、ようやくハッとする。

「な、大差ないだろう。けど、それでも恋は恋だ。俺は朱音が好きで、朱音は俺が好きで、今はそれだけでいいじゃないかっていうオチだ」

黒河と恋人の白石が、長年保ってきた親友という関係から発展したのは、白石に癌が見つかったからだった。いっときは死を覚悟した白石が、最期に望んだのが黒河との思い出作りだった。

それが二人の関係が進んだ一番のきっかけだ。

「ま、あいつの気持ちがわからねぇって、俺もごねて周りに迷惑かけたクチだからな。立派なことは言えねぇけどよ」

ただ、そんな事情で求められたと思わなかった黒河は、ようやく結ばれたとたんに身を引かれ、一時期自暴自棄になった。結果的には白石の病気が発覚したことで、すべてが収まりを見せたが、それでもあのときの黒河の荒れ方は、半端なものではなかった。

どんなに荒れても仕事にだけは持ち込まなかったが、それでも仕事帰りに酒びたりになることも多々あり、周りはそうとう気を揉んだ。

「それでも、人間好きなら好きって感情と本能に任せるときがあっても、罰は当たらねぇと思うぞ。だいたい一度は婚約破棄まで経験してんだから、今更怖いもんなんかねぇだろう?」

池田は、なんでも器用にこなす黒河でさえ恋には翻弄《ほんろう》されるのだから、自分がこうなってもおかしくないかと気を落ち着けた。

「――……思い出させるなよ。余計に自分の不実さに凹むだろうが」

そんなことあったっけという過去の話まで持ち出されると、かえって開き直るしかないかとも思えた。

「お前が不実な男なら、なりゆき任せで結婚してるよ。たとえ一番好きな人間じゃなくても、相手は一番好きだった女だ。できなくはない」

それでも、こんなときこそすべてを話せる友がいることが、ありがたいと感じられた。

「けど、お前にはそれが不実に感じた。だから、目の前にある結婚より、実るかどうかもわからない片思いを選んだ」

「それで玉砕してりゃ、意味ねぇけどな」

調子のいい黒河に、何から何までしゃべらされた結果がこうだと言えばそれきりだが、それでも友というのは心地がいい。安心感が違う。

「意味はあったじゃないか。そこで上手くいってたら、今日の悩みや愚痴は発生してない。来生さんへの思いはない。来生さんからの思いだって怪しい。そうだろう?」

「そっか。そう言われたら、確かにそうかもな」

手にしたコーヒーカップに口をつけると、先ほどよりも少しだけ苦味が減った。

「そうそう。それぐらいの気持ちでいくほうが、相手とのバランスも取れるぞ。何せ、医師と患者って関係はいずれなくなるが、一回りも違うジェネレーションギャップはなくならない。セックスの相性がいいか悪いかも、これから知るところだ。趣味もそうとう違いそうだからな、今後の課題は山積みだろう？　そうでなくとも、美人の嫁を貰うと気が気じゃないだろうしな」

「――……っ」

再びいいようにからかわれて、少し甘みが増したほどだ。

「いつでも相談に乗るからよ」

「人事だと思って」

「まあな」

池田は黒河と話していて、ふと思った。

こんな友人が一人でもいれば、来生の人生はもう少しは違っていたかもしれないのに、と。

「この野郎」

「ははははは」

どうして彼には友人がいないのか？

面会謝絶の例外に指定した人間は、加害者の関係者と事故にかかわった二人の男だけだった。

今思えば、不思議でならない。

『――……はぁ』

池田は、まだまだミステリアスな部分が多いだけに、より大人な自分が判断を誤らないようにしなければと、気を引き締めた。

少なくともこれ以上来生を傷つけないように、悲しませないように、見守っていこうと。

しかし——。

「…っ。先生。あの…」

「——と、すまん。時間だ。戻らないと」

「あ、はい。頑張ってくださいね。お仕事」

池田の用心深さや優しさ、気遣いは、日を追うごとに来生を悩ませるものになっていった。

「怪我のほうはだいぶいいから、くれぐれも無茶しないようにな。黒河の奴、そろそろ退院を前提にした再検査も検討してるみたいだから」

「はい」

疑心暗鬼の不安材料にしかならず、心なしか笑顔も失わせていった。

『退院…か』

なぜなら来生は池田に向かって、「恋人にしてほしい」と言ったはずだった。

そして池田は来生に対して、言葉は違えど、「いいよ」と返してくれたはずだった。

それなのに、池田は時間ができると部屋には来てくれるが、傍に座って手を握る以外のことはしてくれなかった。

思い切って来生のほうから身を寄せると、髪を撫でたり、軽い抱擁はしてくれたが、あの夜のようなキスはしてくれない。そもそもそれ以上の何かを求める欲情が感じられず、来生はどうしていいのかわからなくなってきたのだ。

「あの、先生。やっぱり、俺じゃ駄目なんですか？」

だからある夜、来生は勇気を振り絞って、勤務後に訪ねてくれた池田に確認をした。

池田自身に、本当は自分のことをどう思っているのか、もう一度確かめた。

「この前のキスは、同情ですか？」

来生は、あれからも池田のことが、好きで好きでたまらなかった。

どうして、なぜと自問しても、上手く答えが見つからない。

傍にいたいし、話もしたいし、もっと彼のことが知りたい。自分のことも知ってほしいし、とにかく乾いた大地が雨を欲しがるように、池田のすべてを欲していたのだ。

それこそ一人で病室にいるときも、ラジオを手にして池田のことを考えているだけで、闇の向こうに光を感じた。まだまだ思うように動かない利き手に対してのジレンマも不思議なほど薄れていって、ほんのわずかでも触れられると欲情する自分に、羞恥と同じほどのときめきも覚えていた。

「ただ、自殺を諦めさせるためのもので…。その場しのぎの、応急処置みたいなものですか？」

決して、これが初恋ではないはずなのに、来生は覚えのない高揚感で、いつも心が満ちたりていた。

だがだからこそ、自分が求めるように、相手から求められないことに戸惑うようになってきた。

心配で、不安で、怖くなっていたのだ。

「どうなんですか、先生?」

もちろん、来生がいる場所は、個室とはいえ病室だった。池田にとっては神聖な職場だ。必要以上に何もしてこないのは、彼の性格やけじめであって、愛情の有無とは関係がないかもしれない。むしろ、大切に思ってくれているからこその辛抱や我慢もあって、単に来生がそれに気づけない、わからないだけかもしれない。

しかし、来生は数日後の退院が検討され始めると、そんなことも考えられなくなってきた。

今日の日中に行った検査で特に異状がなければ、次に血腫を取り除く手術を行う日まで、来生は自宅でリハビリをすることになっていたのだ。

本当なら、入院したまま手術日を迎えられることが一番望ましいのだが、日々患者が駆け込む東都医大ではベッドにも限りがあった。全国から治療を求めて訪れる患者たちも跡を絶たない。

そんな中で、生死にかかわる治療の患者が最優先されるのは否めないことで、それらの理由からも来生は、いったん自宅に戻ることになったのだ。

希望をすれば別の病院を紹介されて、手術を受けることも可能だった。

だが、それは望まなかった。たとえしばらく不自由な生活をすることになっても、安心できる病院で、そして信じられる医師の手で、手術をしたかった。

とはいえ、すっかり池田の気持ちがわからなくなってしまった来生は、このまま病院を去るのが怖かった。

ここにいるから、池田は毎日来てくれる。こうして会って、話をすることもできる。しかし、離れてしまったらそれきりになりそうで。その不安から来生は池田に、思い切って確認したのだ。

場合によっては、「そうだ」と言われる覚悟をし、あのときの抱擁もキスも言葉も勢いだった、医師としての責務から、人としての情からだったと、謝られることさえ想像して――。

「いや、そうじゃなくて…、ごめん。お前は俺を見てないから、どうなのかと思って」

ただ、そんな切羽詰まった問いかけに、池田は来生がまったく想像していなかったことを口にした。

「どういう意味ですか？」

重々しい口調で言われるも、来生にはなんのことだかさっぱりだった。

「まあ、多少の想像はついてるかもしれねぇが、俺は見た目でモテたことがない男だからな。柄の悪いのを白衣で補ってる感じだし。ちゃんと付き合う、付き合わないを決めるなら、全部見えるようになってからのがいいような気がして」

理解したと同時に、これまで感じたことのない衝撃が走った。

「それって、俺が人を外見で判断するって思ってるってことですか？」

来生は、まさか池田にこんなことを言われるとは考えたこともなくて、何かを思う前に涙腺が壊れた。勢い余って腰を掛けていたベッドから下りて、傍にいた池田のほうへにじり寄った。

退院が近いとはいえその足元はまだおぼつかないのに、大腿骨のギプスも右手のギプスも外れてはいないのに、来生はそんなことも構わず必死だ。

「そういうわけじゃない」

「なら、どういうわけですか？　そんな見え透いた嘘をつくぐらいなら、同情だったたって言われたほうが、まだすっきりします。俺は医者として患者の一人を見捨てることができなかった、自殺されたら困るから、その場しのぎで話を合わせたって」

しかし、来生は池田の言葉から、そもそも愛されていないどころか信用さえされていなかったと感じて、憎しみさえ起こってきた。

「いや、違うんだ。こればっかりは、生まれ持った容姿のいい奴にはわからないコンプレックスだ。お前がどうこうってことじゃなく、俺に自信がないだけだ」

「そんなの言い訳でしょう⁉　結局、先生も俺の見た目がどうこうって…、中身なんか見てなくて…」

愛した分だけ憎悪が湧いて、裏切られた気持ちになって、涙が溢れて止まらない。

「叶っ」

「俺は、俺は好きでこんなに姿に生まれたわけじゃないのに‼　こんな顔で、こんな身体つきだからって、小さい頃からどれだけいじめられたかも知らないくせに。みんな、俺がどんなに努力しても、普通の男に見てくれなかった。大人になっても変な誹謗中傷ばかりされて、会社に勤めてたときだって、セクハラばかりされて‼」

そう、来生には来生でコンプレックスがあったのだ。

池田とはまったく対照的な理由だが、自分の姿を何度となく嫌悪し、忌み嫌い、いつしか他人も自分も好きになれなくなったほどのコンプレックスが。

「死んだ両親だって、俺のことなんか顔しか見てなかった。いつも自慢の道具にするだけで、俺がこの顔や姿のせいで悩んでたことなんか気づいてもくれなかった。結局、結局みんな俺の上辺しか見てなくて…っ」

そして、それを初めて解消してくれたのが、誰もが認めるカリスマホスト、暁生だった。

彼は自分に自信がある分、来生に変な嫉妬はしなかった。それどころか、他人の嫉妬に傷つけられてきた来生の気持ちを一番理解し、何度となく慰めてもくれた。

同情だとわかっていても惹かれてしまったのは、そんな経緯があったからで。それを思うと、来生がこの病院にこれまでにない居心地のよさを感じたのは、ここで働く者が誰しも自信を持っていたからかもしれない。医大に勤める職員としての誇りもあって、むやみに他人を妬《ねた》むようなことがないからだろう。

「それなのに、最後には絵を売るためだけのオプションにまで使われて…。俺は、俺はいったいなんなんだよ!!」

来生は、あまりにショックだったためか、過去の嫌な記憶ばかりがフラッシュバックしてしまったのだろう、とうとうその場に座り込んでうずくまった。

「いや、すまん。ごめん。俺には想像外のリスクだ。顔がよすぎて、そこまで悲惨な目に遭った奴には、会ったことがなかったから…。どっちかっていったら、天下取ったように、態度がデカイような奴しか知らないし」

池田は、泣き狂ったように叫んだ来生の生い立ちに驚くと、これはこれで初めてのパターンだったためか、そうとう動揺した。

「聞きたくないです、今更」

「いや、でも聞けって!! 俺はお前が好きだから、本当に大事だから躊躇っただけだ。これでも愛情は、愛情だ。好きは、好きだ!!」

まるで瀬木谷を見たときのように、冷やかな眼差しを向ける来生の心を、必死で取り戻そうとした。

「好き?」

「――ああ。でもな、考えてもみろよ。美女と野獣の野獣は、最後に魔法が解けて王子に戻るが、俺は変わりようがないんだぞ。しかも、お前より一回りも年上の、三十半ばのおっさんで。こんなことになってもキラキラしてるお前には似合わないんじゃないか、ふさわしくないんじゃないかって、弱気にもなるだろう?」

他に言葉が見つからない。何を言っても、言い訳になる。

来生に言われて、池田も思い知った。自分がもっと来生を信じていれば、こんなことにはならなかった。来生からの愛に、もっと素直に溺れてさえいれば――。

「けど、それって俺のエゴだったんだな。ようは、自分のことばっかり考えて、お前のこと、傷つけたんだな」

池田は、来生が許してくれるなら、二度と迷うまいと思った。

この腕に抱き締めて、二度と離すまいと思った。

打ちひしがれる来生の前に両手をつくと、「ごめん」と頭を下げる。来生に見える、見えないは関係なかった。こうでもしなければ、池田自身がいられなかったのだ。

するとと来生は、土下座に及んだ池田の腕や肩を探り当てながら、笑みを浮かべた。

「先生。俺は、このままでもいいんですよ」

「え?」

「そんな理由で愛してもらえないなら、一生見えなくてもいいです。先生の顔も、姿も」

「叶…」

その姿があまりに必死で、懸命で、池田は来生の思いの深さを知ると震えが走った。

「でも、そうしたら俺は一生足手纏いになりますね。結局、先生や周りの人に迷惑をかけて生きるだけで、いつか愛想尽かされますね」

そうでなくとも、来生は限界まで傷ついていた。

だからこそ、池田は出来る限りのことをしたいと思った。

なのに、これでは本末転倒だ。なんのためにあの日、あの夜、口付けたかわからない。恋人にすると承諾したのかもわからない。

「俺はいったい、何しに生まれてきたんだろう?　やっぱりあのとき――」

池田は、「捨てないで」「独りにしないで」と全身で訴える来生を抱き締めると、口付けた。

何度も何度も口付けてから、これで最後の懺悔《ざんげ》にしようと、抱き締め直して謝罪した。

「もういい。すまない。俺が悪かった。俺の意気地がなさすぎた。俺が離さなきゃいいだけだ。何があっても、こうやってお前は俺のものだって、そういう意気込みでいけばいいだけだ。そうだろう？」

「…っ、先生っ!!」

来生は抱き締め返すと、自分からも唇を探った。池田はその唇に応えると、その後は力強く抱き上げ、院内着だけを纏った来生の身体を、そっとベッドに下ろした。

「も、退院延期になっても知らねぇからな」

「は…い」

相手はまだ完治とは言い難い状態なのに、池田には、これからしようとしていることに、どこまで加減ができるか自信がなかった。

それでも、一度火が点いたら止まらない欲情のために、着込んでいた衣類をその場で落として、池田は生まれたままの姿でベッドに上がった。

来生の怪我に障らぬように、優しく覆い被さった。

「平気か？」

窓から差し込む月の明かりが、充血した来生の眼差しをいつになく妖艶に魅せる。

「はい」

入院中、よりほっそりとしてしまった来生だけに、池田は猛進したい自分を必死になってセーブした。間違っても壊してしまわぬように気を配り、やんわりと抱き締めてから、息も止まりそうなキスを繰り返す。

「先生…っ」

そうして夜空の月光より綺麗だと思う白い肌を探っていった。

来生は、池田が手や唇で肉体をまさぐるたびに、もぞもぞと身もだえた。

「っ、先生」

院内着のボタンが外され、肌が露出していくと、顔も身体も赤らめる。

「…池田、先生」

と、厚い胸元を躊躇いがちに押した来生に、池田が不安そうに問いかけた。

「どうした？　怖くなってきたか。見たこともない男に抱かれるのが」

「いえ、そうじゃなくて。俺も…先生の姿が見たいなって」

来生は遠慮しながら打ち明けた。見たい、知りたいという己の欲望が抑えきれなくなって、池田の顔や身体に触れ始めたのだ。

「俺の姿？」

「はい。ずっと、見たかったんです。こうして…、じっくりと」

細くて繊細な白い手が、池田の頬をたどって、髪に触れた。

「先生の髪、意外に柔らかい」

「そうか？」

照れくさそうに答える池田に微笑むと、今度はクンクンと鼻を鳴らした。

「隅々から、薬品の匂いがします」

「も…、体中に染みついてるのかもな」

そうして、髪を撫でつけた手で、今度はゆっくりと顔に触れていく。

来生の目は、不思議なほどその指先を追っていた。

「顔つきも、彫りが深くて、頬骨も顎も首もとても頑丈」

まるで見えているのかと思うほど一つ一つ丁寧に、触れる部分を忠実に視線が追いかける。

「すごく、男らしい骨格」

来生の中で池田はどんなふうに思い描かれているのだろうか？

「逞しい肩。胸板も厚くて、筋肉が硬くて、まるでギリシャ神話に出てくる神々のよう。俺からしたら先生は、羨《うらや》むものばかり持ってる」

どんな神の像を想像し、これほどまでに耽溺しているのだろうか？

「っ、叶」

だが、そうして触れて確かめるうちに、来生の手は固く引き締まったウエストから脇腹まで下りていった。

「腹筋…、硬い。ここも…」

一瞬全身に電流が走ったかと思うような痺れに焦る池田をよそに、大胆に下肢にも触れていた。

「叶っ――っ、いじるな」

「いや…。先生が好き。だから…、俺…」

恋い焦がれて、待ちわびて。そうしてようやく叶ったこの瞬間だけに、来生は込み上げる欲望を抑えることができなかった。

愛されるより、愛したい。とにかく自分がどれほど池田を好きなのか知ってほしい。

その思いばかりが先を急がせ、来生は池田を煽るだけ煽ることになってしまった。

「わかったから」

「ぁ…っ」

来生は、逆に池田から下肢を探られると、ピクリと身体を震わせ、小さな喘ぎ声を漏らした。

大きく逞しい手のひらが、淡い恥毛をかき分け、肉欲を摑む。

「俺にも、抱かせろ」

触れられただけでもどうにかなってしまいそうなのに、来生は池田に扱《しご》かれ、ときおり発する少しかすれたような艶めかしいボイスに心身から酔わされ、翻弄させられる。

驚くほど早々と絶頂に駆け上がってしまうと、呆気ない射精をしいられる。

「――――んんっ」

ずっとしていなかったからとはいえ、あまりに早くて、来生は恥ずかしくなった。

そうでなくとも池田の手に収められると、自分の性器が子供のもののように感じて、成人男子としては切ない。

「感じやすいんだな」

そんな羞恥心まで与えているとは思いもしないだろう、池田は来生が放った欲望の証を受け止めた大きな手のひらを動かすと、そのまま性器の奥を探り、更に恥部へと忍ばせた。

「ぁ、ぁっ」

堅く締まった窄《すぼ》みをゆっくりとほぐして、骨ばった太い指がグッと押し入った。

「っぁ…っ、んっ」

今イったばかりだというのに、的確に前立腺を刺激されて、来生は激しく身を捩る。

「ここ、好きか？」

「ひどいっ、先生っ」

立て続けには無理——そう言いたくても、中で蠢《うごめ》く指が、それさえ言葉にさせてくれない。

来生の秘所は入り込んだ指をキュウキュウと締めつけながら、再び絶頂に向かい始めている。

「もう遅い。退院延期を覚悟しろって言っただろう」

池田は来生の頬や首筋を愛しながら、利き手の指ではずっと秘所を慣らし続けた。

せめて二本が無理なく入るまではと、根気よく慣らしながら、それさえ堪え切れずに身もだえる来生を眺めて、これまでには感じたことのない征服感と至福を堪能した。

「ぁぁっ」

ふと、もっと愛してやったら、この欲情に忠実な青年はどうなるのだろうという衝動が起こった。池田は身をずらして、精いっぱい勃起した肉欲を口に含み、獣のように貪りついた。

「んっ——っっ」

熱く、ねっとりとした舌で包み込まれて、来生は興奮のあまりに発しそうになった悦びの声を殺そうと、自らの手を噛んだ。

「んんっ、んっ」

もう許してと言わんばかりに白く細い腰をくねってから、池田のほうに手を伸ばした。

「も…、お願い。来て…」

高ぶりすぎた自身に音《ね》を上げてしまい、心細げに池田にねだる。

「先生、来て…。もう、だめ…。早く、先生のものにしてください」

池田は、極上な誘いを断れるわけもなく、再び身をずらして、重なり合った。

「ぁ…」

来生は、広い肩に両手を回すと、力の入らない右手を左手で掴んで、そっと瞼を閉じる。

「俺に、先生の全部をください」

池田は、「ああ」とだけ応えると、その後はギプスの外れていない左脚に気を配って、来生の秘所を探った。

大きく漲《みなぎ》った欲望の先端で、小さな入口を捕らえると、わずかに残った理性は消えた。

後は本能のままに中へ押し入れ、力強く身を沈めていった。

「っっんっ」

初めはつらそうな顔を見せた来生だったが、幾度か自分の右手を握り直すうちに、その顔に悦びを浮かべた。身体の奥まで池田を受け入れ、一つになれた安堵と至福を感じた。

「叶…」

味わったこともないエクスタシーが、二人の身体を駆け巡る。

まるで、これまで燻《いぶ》され続けた淫欲が一気に炎上したように、互いの存在だけを求めて、そして貪欲なまでに貪った。

「先生…。先生」

来生は、その夜心から自分を大事にしてくれる池田の腕の中で、静かに、だが烈火のような愉悦の世界に浸って、堕ちていった。

池田にも同じように浸ってほしくて、また堕ちてほしくて、何度も何度も名を呼んで。そして、何度も何度も抱き締めて、朝が来るまで求め続けた――――。

6

ギプスの外れた来生が一時退院したのは、三月も半ばに入った頃だった。

来生は池田と話し合った末に、退院後から再入院までの間は、池田の部屋で生活することになった。

本当なら、長年住んだ自室のほうが使い勝手もいいだろうが、池田はあえて自分の部屋に環境を調《ととの》えるほうを選んだ。見えない来生の視点に立った模様替えを施し、退院の日も自身の休日を選んで、翌日の出勤まで来生につきっきりで部屋を覚えさせることにした。

「いいか、叶。頭に思い描けよ。玄関から入って、右側が下駄箱。そのまま壁を伝って一メートルほどでトイレとバスのユニットだ。この扉を越えて二メートルほどで、リビングへの扉がある。そしてこの右側の壁には、突起がついたゴムが張ってある。ちょうど立ったまま手を伸ばすと触れるぐらいの高さに、幅二十センチ程度のものだ」

「はい…」

来生は、こんなことになるとは思っていなかっただけに、嬉しいやら照れくさいやらで、初めは頭がいっぱいだった。せっかく池田が説明してくれているのだからと思っても、これはもしかして同棲だろうかと頭に過《よぎ》り、知恵熱が出そうだ。

「で、入口から左側の壁沿いには、何も張ってない。玄関からすぐのところにある扉は物置。これを越えるとすぐにキッチンへの入口があって、そのまま進むとリビングだ」

しかし、そんな来生をよそに、池田は真剣そのものだった。

池田の言う「来生を守る」という中には、本当にすべてが組み込まれているようだ。

「リビングは、十畳程度。玄関を背に左手にキッチンカウンター。右手に雑貨棚。部屋の中央にはソファとテーブルがある。左奥にテレビ。正面はベランダ。そして左の壁を伝っていくと寝室への扉がある。邪魔になりそうな家具は全部物置に突っ込んだから、リビングには必要最低限のものしかないから」

来生は、池田のエスコートで玄関から順にリビングへと入って行く。壁の片側には病院と同じような印が施されており、それを頼りに頭の中で図面を思い描いていく。

「で、ここが、リビングを背後にした寝室。八畳程度だが、左にベッドと窓。右に壁一面のクローゼット。正面には書棚やパソコンデスクなんかが並んでる。これで全部だ。どうだ？　やっていけそうか？」

そうして寝室に到着すると、池田はひとまず来生の身体をベッドへ誘導。腰を掛けさせて、落ち着かせた。

「はい。大丈夫です。置いていただけるだけで、嬉しいです。本当に、自分の部屋に帰らなきゃいけないのに、先生のお部屋に押しかけてしまって…。すみません」

来生は少しホッとしたように、それでいて照れくさそうに笑っている。

「いや、独身寮だからな、狭くて申し訳ないよ。ただ、この建物内なら二十四時間どこかに誰かがいる。同じ階でも、勤務時間がバラバラだから、全室空になることはまずない。だから、何か不安になったら、迷わず声を上げるか壁か床を叩け。管理人も周りの奴らにも叶のことは言ってある。聞きつけた奴が、必ず駆けつけてくれることになってるから、そこは自宅に戻るよりは安心できるから」

だが、池田がどうして来生をここへ連れてきたのか、その一番の目的を知ると、自然と赤らんでいた顔つきは一瞬にして変わった。

今この瞬間のシチュエーションだけで高揚していた来生には、反省さえ起こった。

『――――池田先生…。そのために、ここへ俺を。自分の留守に、暁生や瀬木谷さんが訪ねてくることを懸念したとかじゃなくて、もっとそれ以前に、俺の生活そのもののことを考えて、全部手筈《てはず》を整えてくれてたんだ…』

池田が来生に何より与えたいと願っていたものは、真の精神的な安堵だった。

恋が実ってどうこう、今後も付き合ってどうこうという、一部のことだけではなかった。

病院という保護領域から出た来生が、いったいどうしたら穏やかな日常を過ごせるのか。また、場合によっては丸二日も帰宅できない、連絡さえ入れられないことがある池田を相手に、どうしたら余計な不安や寂しさを感じないですむのか、そこまで考え尽くしての配慮だったのだ。

『なんて、大きな人なんだろう。やっぱり、池田先生は空のように心が広い人。それでいて、海のように愛情深い人』

来生は思った。物心ついたときから感じて拭えずにいる孤独感。もしかしたら、池田はそれに気づいていて、ここでなくしてやりたいと願っているのかもしれない。

なぜなら、人が人として長く生きる限り、恋人からの愛だけで生きられるかといえば、実際そうではないだろう。特に血の繋がった家族を持たない来生にとっては、身の回りに親身になってくれる他人を多く得ることこそが、より深く大きな幸福に繋がる。池田はそう考えて、あえて自分が信頼のできる仲間の中へ、来生を置いたのだろうと。

「ま。場合によっては、用もないのに訪ねてくるアホがいる可能性は大だが、基本は気のいい連中だから、暇だったら話し相手にでも使ってくれ。——と、言ってる傍から来やがった」

来生は、これまで自分を独占しようとした人間には出会ってきたが、池田のように率先して他人との橋渡しをしてくれる人間には、出会ったことがなかった。それだけに、これから池田を通して、どんな人間と知り合えるのかと思うと、新たな期待が芽生えてくる。

玄関先から聞こえたインターホンの音に、少しばかりしていた欲情さえ吹き飛んだ。

「先輩!!　ご結婚おめでとうございます!!　これ、俺たちからのプレゼントです!!」

しかし、突如として現れた大人数の気配に、来生は驚いて固まった。

「は!?」

「さすがに何年使ってるかわからない、狭くてこ汚いベッドに新妻を迎えるのはねぇ〜。どうせ先輩のことだから、安全面には気を配っても、色気のほうはまるっきり無視でしょ?」

「————ってことで、勝手に交換させてもらいます!　みんなで金出し合って買った、クイーンサイズの高級新婚ベッドに!」

大人おとなしい性格に倣ったような人生しか送ってこなかっただけに、来生は想像を絶するほどハイテンションな人間たちの登場に、完全に面食らった状態になっている。

「な。アホばっかりだろう」

「っっっっっっ」

医大の独身寮ということは、全員医療関係者。描くことと美貌は褒められても、勉強のほうは普通の評価しか受けてこなかった来生からすれば、ただただ見上げるばかりの頭脳集団。お堅そうな人たち…というイメージだ。が、あながちそうではないらしい。むしろ、このはっちゃけぶりは、ホストクラブのノリに勝るとも劣らないほどだ。

「では、邪魔者は早々に退散しますので、あとはごゆっくり」

「あ、先輩。このベッドは勝手に処分しておきますから、ご心配なく」

「来生さん。こんな先輩ですが、ここで捨てられたら後がないので、どうか末永くよろしくです。ちなみに先輩が留守のときは、いくらでも声掛けてくださいね。ここは独り身の溜まり場ですから、みんな声かけられたら大はしゃぎです。暇な奴は常に下の食堂にたむろしてますから、ぜひ構ってやってくださいね」

声をかけてくれる男たちは、みんな池田や院内の者たちと印象が似ていた。

誰もが来生の負担にならない程度の親切で接してくれる。

目が見えないからといって、過度な心配は口にしない。言葉ではあっさり、だが、その行動で絶妙なフォローを実行してくれる。

「ありがとうございます」

そしてそれらは、来生を無理なく微笑ませた。

「本当に…。皆さんに出会えて、幸せです」

自然に心から安堵させて、極上の至福を作ってくれた。

『池田先生に出会えて、幸せ――――』

そうしたある日、来生は自分の感謝を何かで表現したくて、池田に買い物の連れを頼んだ。

「これでいいのか？　こんな子供用の粘土で」

「はい。ありがとうございます」

一緒に出かけてもらって購入したのは、ひと固まり百円程度で買えてしまう粘土だった。

「何作るんだよ」

一個や二個ではなく、来生が買い求めたのは十キロ分。さすがに池田も、目を丸くしていた。

「できあがるまで、わからないです。だって、こうって思って作っても、その通りになっているかどうかは、自分では確認できないし。右手もまだまだ自由にはならないし、左手メインで作業することになるので」

「そっか」

そう言われたらそうかもしれない。池田はそれで納得すると、買って帰った粘土を捏《こ》ねるためだけのスペースを用意した。

「ま、できあがりは気にしないで、作るってことを楽しめばいいさ。いいリハビリにもなるし」

「はい」

リビングの一角に九十センチ四方の炬燵《こたつ》を出すと、そこに言われるまま新聞とビニールを敷き詰めて、あとは来生の自由にさせた。

「じゃ。行ってくるけど、何かあったら電話していいからな。周りの連中も気兼ねなく呼べよ」

「大丈夫ですって。先生も心配症なんだから。部屋の中は一通り覚えたので、もう留守番ぐらいできます。なので、安心して行ってきてください。いってらっしゃい」

玄関先で抱擁とキスを貰って出勤する。

『このまま死んでもいいかも――――いや、死ねねぇ!! こうなったら百まで生きてやる!! すくなくとも、叶よりは先に逝かん!!』

夢のような生活を送っているのは、来生だけではなかった。

池田は守るものを得た喜びに、これまでにはなかった充実を覚えていた。

忘れかけていた雄としての本能が蘇《よみがえ》り、仕事にもいっそうの力が入った。


来生が池田のみならず、周囲の人々さえ驚愕させたのは、それから数日後のことだった。

「はーっ。見事なもんだな。利き手が不自由な上に、見えてないとは思えない。寸分違わないんじゃないのか？　これって」

「だろう。びっくりしたよ。職人というか、芸術家というか。この手の才能っていうのには、理屈がねぇんだな。俺たちだと、ついつい脳波がどうこうっていう屁理屈を探して、才能を理的に分析しようとするけど…。結局、奇跡だよな。こんなことができるのって」

来生が感謝を形にしたくて作り、他を圧倒したもの。それは池田の頭部から肩までを象《かたど》った等身大の粘土像だった。

リアルに再現された池田の顔は、来生の触覚や記憶力、再現力がずば抜けていることを表していた。正直これを見た瞬間、池田は嬉しいよりも先に鳥肌が立った。芸術にはとんと疎《うと》い池田だが、まるで初めて黒河の執刀を見たときの衝撃と変わらないものが、全身を駆け巡ったのだ。

神から両手を、死神から両目を預かった男と異名をとる彼の執刀と、同じ衝撃が。

「ん…。相手が来生さんだけに、その一言ですべて納得させせられるな。脳医学の学者からしたら、事故と一時的な視力障害による、脳内の急速な発達がうんたらって御託並べるところなんだろうけど。これは愛のなせる技だろう。奇跡のひと言で十分だ」

そして、それを自分の中だけでは消化できず、池田は黒河たちにも見せようと持参した。

案の定、見せられた者たちは誰もが驚愕し、賛美した。中でもこの奇跡を最も高く評価したのが、この男。

「ほう。見事なものだな。彼にとっては、生まれて初めて人物をモチーフにした作品なんだろうが、繊細で優しい世界観は変わらない。しいて言うなら、男前すぎか？　これは個人的な贔屓目が入ってるとしか思えないがな」

騒然としていた外科部に姿を現したのは、副院長を務める和泉だった。四十代も後半とはいえ、医師として脂が乗り切った彼は、男性としても熟年期だ。ナイスミドルを地で行くルックスに白衣を纏って堂々と院内を巡回する姿は、黒河同様職員羨望の的だ。

「副院長」

そんな和泉に来生の贔屓入りだと笑われたところで、池田は返す言葉がない。確かに粘土像を見て、一度は自分でも思った。俺、こんなに男前だったたっけ？　と。

「そうだ。父もそろそろ年だからな、今のうちにエントランスに飾る銅像でも作るか。基礎の粘土原型を彼に依頼してみるのも、悪くないかもしれない。かなり人のよさそうな、院長像ができるかもしれないし、さぞ父も喜ぶだろう」

「は？」

しかし、和泉はただ笑って井戸端会議に顔を出すような男ではなかった。

思いつきにしては、やけに大胆なことをその場で言い放つ。

「それに、今の彼なら自分の世界を二次元ではなく、三次元で表現できるかもしれない。必要な道具と環境さえ揃えてやれば、前のような繊細な絵は描けなくとも、精密なのに優しい粘土工芸は作れるかもしれない。それこそ子供たちが見て、触れて、喜ぶような世界をな」

だが、突如として開花したとしか思えない来生の才能に対して、一歩も二歩も先を見据えた提案をしたのも確かで。

「ああ！」

「その手があった!!」

その場に居合わせた清水谷や浅香は、顔を見合わせると思わずハイタッチをしてしまった。

立場は違えど、もともと大学時代からの同級だけに、この二人もお互いに対しては気兼ねがない。決してベタベタとした友人同士ではないが、長年黒河のオペの補助をしてきた分、いい戦友同士だ。

「彼に依頼の話をしてみてくれるか、池田。できる限りで構わないから、父の像の原型と、小児科に飾れるような作品。この二点をやってみてほしいと。ちゃんと報酬は払う。来生叶の名前に見合うだけの謝礼はな」

と、和泉は池田のほうを振り返ると、突然来生宛の仕事依頼を言伝《ことづ》てた。

「は？」

「――――いいか、池田。好きな創作が仕事になる。稼ぎになるってことは、結局作られたものを欲しがる人間が現れるかどうかってだけの話だ。そして、現れたら現れたで、これから自分の作品に対しての金額は、彼自身が決めればいい。それで仕事と呼べるようになる」

呆気に取られた池田に、和泉は不敵な笑みを浮かべた。

「それでもし、今後依頼が殺到するようになっても、作業ペースのコントロールを自分でする分には、煩《わずら》わされることもないし。いざとなったら、お前ができる限りの手助けをしてやれば、それですむことだろうしな」

「副院長…」

池田は、ただただ驚いていた。

自分には、こんな発想はなかった。これは医師である以上に、当院の経営者でもある和泉ならではの視点であり、発想の展開だろう。

「そしてここから先は彼には伝える必要はないが――――。彼や彼の作品から癒しを欲しがる人間が多いのは、紛れもない事実だ。だが、それは他人が勝手に手を加えたものじゃない。誰かが真似て作ったものでもない。それを知らしめてやるためにも、先駆けになる作品は必要だ。それさえあれば、後は彼にできないだろう仕返しぐらいは、私が趣味でやってやる」

ただ、本来ならこんなことにいちいち首を突っ込むような時間があるとは思えない和泉が、あえて自ら動くことを宣言したのには理由があった。

「もしかしてあの画商、なんかあんたに喧嘩売ったのか？」

わかりきった話を確認しながら、黒河が眉間にしわを寄せる。

「おかげさまで。来生くんには、『無料配布のパンフレットの表紙だし、東都の副院長先生なら大変信頼できるので、お買い求めになったユニコーンの絵は、今後もお好きなように使ってください』と笑顔で言ってもらったのに。あの画商に、後から二次使用の版権がどうこうといういちゃもんつけられて、そうとう不愉快な思いをさせられた。久しぶりに、札束で横っ面を叩いてやりたい気分にさせられたんでな」

やっぱり――――と思うような理由を、和泉は憎々しそうに教えてくれた。

「あちゃ…」

「最悪だな」

「しかも、私が思うに、結局彼に絵筆を遠のかせ、新しい表現方法を求めさせたのは、事故のせいでもなんでもない。意に染まない作品を勝手に作られ、自分の名前で偽《いつわ》りの世界観を世に広められたこと、それをただの金儲けの道具に使われたことで、彼の繊細な心のほうが折れてしまったからだろう」

思えば、この中で最初に来生と出会っていたのは和泉だった。

作品から入って、直接その人柄にも触れて、感動したのも和泉が最初だ。

「もちろん、今は池田のおかげもあって、すっかり元気になっている。こうして新しい才能も開花させている。が、だからこそ。奴に一泡吹かせてやりたいと思うのは、彼と彼の作品を好む人間の権利だろう。買い手を馬鹿にしやがって、胸糞悪い」

純粋にファン心理を壊された恨みは、浅香以上だったのかもしれない。

ここまで誰かを、しかも職員の前で口汚く罵《ののし》る和泉など見たことがないだけに、周りの者たちは新たに起こった予感に背筋が震えた。

「もちろん。彼が傷つくようなやり方はしないよ。私は彼に仕事を依頼し、満足したらそれを世間に自慢し、出来のよさを褒め称えて広めるだけだ。やはりオリジナルの素晴らしさには敵わないものがありますねと、満面の笑みでな」

それもそのはず。笑いながら去った和泉は当院の副院長であり経営者という肩書の他に、複数の製薬会社や医療機器メーカーを傘下に収める、東都グループの大株主でもあった。

医学界に顔が広いだけではなく、政財界にも精通していて、ある程度のことまでなら黒でも白と言いきれる、罷《まか》り通せるだけの力も持っていたのだ。

「あの画商。欲に駆られて、喧嘩売る相手を間違えたみたいだね」

「だな。商売に徹するなら徹するで、絶対に踏んじゃいけない地雷はあるだろうに。そこを見誤ったおかげで、近いうちに爆死だな。ざまあみろ」

和泉の実態を知るだけに、清水谷と浅香は俯きながらもほくそ笑んだ。

「俺は依頼以外のダークな話は、聞かなかったことにしとくぞ」

「それがいい。来生さんの世界に、あの魔王の本性は必要ない。これから創ることになる作品のためにも、東都の副院長先生はとっても信頼できるいい人だって信じ込んでおくほうが、作業の邪魔にならん」

池田は終始顔を引き攣らせ、黒河は話が転がりすぎて失笑気味だ。

「それにしても、二次元の世界を三次元にか。どんなふうになるのか、これはこれで楽しみですね。来生さんのアトリエ作りなら、俺たちも協力しますから。ね、池田先生」

それでも和泉の提案から、来生に思いがけないチャンスが舞い込んだことだけは確かだった。

「おう。頼むわ。俺は力仕事以外、向いてないからな」

池田はこの際、と開き直った。

来生がよければ、それでいい。嫌がれば無理じいする必要もないし、断ればいいだけだ。

自分は伝言だけをすればいい――――そう思って。

しかし、

「本当ですか？　そんな依頼を俺に、東都の副院長先生がしてくださったんですか？」

池田が帰宅後にその話をすると、来生は思いがけない幸運に歓喜した。

「ああ。まあ、いずれ視力が回復して、もっとリハビリの効果が出てきたら、やりたいことも変わってくるかもしれないけどな。それでも、今の段階でできることがあるなら、それに越したことはないだろう。俺をモデルにした粘土細工の仕上がりに、やたらに期待してたからな。嫌じゃなかったら、受けてみてくれ」

「ありがとうございます。嬉しいです。でも、こんなにしていただいて、期待に添えなかったらどうしよう」

ついつい深く考えるのは癖らしく、一喜一憂もしていたが、それでも思いがけない話に興奮が隠せないようだ。

「今はそこまで考える必要はねぇよ。ってか、小児科ご用達の粘土細工はともかく、院長のほうは断っていいから」

池田は、来生の心配を取り除きつつも、本音を漏らした。

「────…どうしてですか？」

「いや、やっぱ後回しでいいわ。手術後の仕事ってことにしておこう。そしたら、院長の顔を、ペタペタ触りまくる必要もないだろう」

そのくせ、やけに調子のいい口調で、すぐさまごまかしにかかった。

「っ…、池田先生。もしかして、それってやきもちですか？」

「もしかしなくても、やきもちだよ」

来生に言い当てられて、唇を尖《とが》らせる。池田は来生がどれほど丁寧に、それでいて欲情さえ誘発しそうな手つきで、他人の顔や身体に触れるのかを知っている。となれば、想像しただけで、とんでもない！　という気持ちになったのだろう。たとえ相手が院長であっても、それはさせたくない。冗談じゃない、と。

「なら、院長先生のほうは、お断りします。たぶん、これって視力の問題じゃない気がします。この手で触れて確認しているから、再現できることだと思うので。もちろん、想像上の生きものは触れることができないので、これまで描いてきた感覚をたどりながら作っていくことになりますけど」

しかし、来生が池田の嫉妬を嬉しそうにして受け止めているのを見ると、その気持ちは瞬時に変わった。

「いや、ごめん。それなら依頼は受けとけ」

「え？」

「何も、せっかくこの手に宿った才能を、こんなチンケな理由で使わない手はない。もちろん、これが全身像だっていったら、考えるが…。まあ、ジジイの顔や頭だけならな」

来生の両手を取って握り締めると、この手を独り占めにすることは、愛する者のためにならない、白石が黒河の手を決して独り占めにできないのと同じで、自分も下手な感情に流されて独占することは許されないのだと、気持ちを改めたのだ。

「──……池田先生ってば」

来生は、どこまでも大きくて深い池田の愛に、照れるよりも感動した。

彼の手から両手をすり抜けさせると、そのまま首へ回して抱きついた。

「どうしよう…。幸せすぎて、怖いです」

これまで二十四年も生きてきて、こんなに満たされていると思えるのは初めてだった。

「俺もだ」

「キス…、してもいいですか？」

嬉しくて、愛おしくて、求めずにはいられない。こんなことも初めてだった。

「ん…」

池田は来生から口付ける前に、唇を寄こしてくれた。

唇で唇を探りながら、懸命に愛を伝えてくる来生に、池田が欲情するのはあっという間だ。

「叶…」

愛おしげに頬を撫でつける来生の衣類に手をかける。

リビングのソファだというのに、来生は抵抗もなく衣類を乱して、肌を晒《さら》した。

その一方で、来生の両手も池田の衣類を探って、シャツのボタンを器用に外す。

現れた雄々しい首や胸元に手を当てると、頬を寄せて、込み上げる愛欲に浸っていく。

「俺、いやらしいですよね。こうしてると安心するって。すごく気持ちがいいって、結局エッチなんですよね？」

二人はそのまま全裸になって抱き合うと、本能の赴くままに求め合った。

まるでギリシャ神話に出てくる猛々しい神が美しい青年を愛するように、時間をかけてゆっくりと。

「お前がいやらしくてエッチなら、俺はさしずめどスケベだな。下の息子はケダモノだ。それも年中無休で、発情中の」

お互いの肉体を探り、快感を与え合って、共に堕ちる。

「…ぁっ」

肉体同様、猛々しい熱棒に突き上げられて、来生は対面座位のまま華奢な身体を上下、前後に激しく揺らした。

「ぁぁっ――――っ」

か細い喘ぎ声と共に、絶頂へ昇りつめるのは、いつも来生が先だ。

「ま、できあがったばかりのカップルなんて、こんなもんだろう」

「は…い」

何か申し訳ない気もしていたが、来生は不思議なほど池田には甘えられたし、すべてを任せられた。

「好き。先生が、好きです」

「俺もだよ。叶――――」

手探りだけで愛する行為であるにもかかわらず、相手の顔色ばかり見ていた時と違って、愛も快楽も一際だった。

来生は、確かに闇の中に温かで優しい光を感じていた。

明るい未来をも見出し始めていた。


和泉の依頼を受けることになって、三日が過ぎた日のことだった。

「なんですか？　この、可愛い粘土細工は」

「大物を作る前の準備品。これはこれでなんかいい感じだから、小児科にでも飾ってもらおうと思って持ってきた」

池田によって院内に持ち込まれたのは、縦二十センチ、横十五センチほどのユニコーンの粘土細工。それもデフォルメされて丸々とした細工のものだった。

「へー…。それはいいですね。子供たちにもナースさんたちにも喜ばれそう。来生さんって、実は多才なんですね。っていうか、その人の持つ世界観って、結局どんな表現方法を使っても、伝わってくるものなんでしょうけど…。このユニコーンの目、すごく優しい。ちょっと控えめな感じが、来生さんに似てるかも」

浅香はあどけない顔をしたユニコーンを見ると、つくづく感心の声を上げた。

「そう言われたら、そうかもな」

池田はこれだけでも、持ってきた甲斐があった、きっと今の言葉を伝えたら、さぞ来生も喜ぶだろうと思い、十分満足していた。

だが、それが思いがけない仕事を再度生むことになったのは、一週間後のことだった。

「え？　あの試作品で作った、ころころのユニコーンの粘土が、プラスチック製の貯金箱になるんですか？」

帰宅し、リビングに落ち着いた池田から話を聞くと、来生はただただぽかんとしていた。

「ああ。今日、東都製薬の営業が、いきなり話を持ってきたんだ。なんでも、これから発売するベビーシャンプーの入れ物で、使い終わったら貯金箱として利用できる容器の原型にしたいから、売ってもらえないかって。もちろん、先方はあの粘土がイラストレーター・来生叶の作品だってわかってるから、それなりにキャラクターデザイン料だとか、パッケージやCMの際の名前の使用料だとかっていうのを、支払うって言ってたけど。どうする？　会ってもっと詳しい話を聞いてみるか？」

池田は特別感動するでもなければ、驚くでもなく、むしろ警戒しているようだ。

「それともやっぱり、加工されるのって気分悪いか？　できあがりがどうなるか、わかったもんじゃないし」

相手が和泉のように個人的なものなら、来生も喜んで受けるかもしれない。だが、相手が企業で、しかも加工したのを大量生産したいとなったら話は別だ。瀬木谷から受けた痛手を考えたら、池田は話を切り出すことさえ躊躇ったぐらいだ。

「――って、俺が言ったら相手が無茶苦茶怒って、噛みついてきたんだけどよ」

「噛みついた？」

ただ、池田は話を持ってきた営業マンが長年当院に薬を卸している信用できる相手だったこと、そして来生の作品をひどく気に入っていたことから、仕方なく橋渡しを請け負った。

「いや、その営業が、もともとお前のファンだったらしくて、少なくとも池田先生より俺のほうが彼の作品を知ってるし、愛してますって言いきりやがってよ。しかも、彼は一生絵しか描かない創作家だと思ってたから、今どれだけ俺が感動してるか、わからないでしょうって。延々と来生叶の癒しワールドとか語りやがって。このユニコーンの丸みがどうとか、眼差しがどうとか、一時間だぞ。そのくせ最後に、ただ…どんなに完璧に再現しても、用途が容器なんで、最終的にユニコーンの首をスポンと外す形になることだけは許してくださいってぬかしやがってよ。はあ？　って感じだった」

熱意に押されるも、いまいち納得できなかったが、ありのままのいきさつを説明した。

「信じられない」

「だろう。さんざん語った挙げ句に、首がスポンだぞ」

「いえ、そうじゃなくて。そんなふうに使ってもらえるなんて、夢みたいってことです」

「は？」

しかし、池田の心配をよそに、来生は満面の笑みを浮かべた。

ソファに腰掛けた池田の足元にペタンと腰を落として、彼の片膝の上に置いた手を揺さぶり、興奮を示す。

「だって、俺が遊びで作ったユニコーンが、シャンプーの容器になっちゃうんですよ。これって、描いた絵がまな板になるぐらいすごいことだと思いませんか？」

「――――…いや、お前の絵をまな板にするって発想のほうが、数倍すげぇと思うわ。下敷きとか絵皿とかならわかるけど…、まな板って…」

どうにも池田には理解不能な展開だったが、来生はこの話に乗り気なようだ。

「あ。もちろん、まな板の隅のワンポイントですよ。一面じゃないですよ」

「そっか。びっくりした」

「俺もびっくりしました。ちょっと想像したら、泣きそうでした」

「だよな」

「はいっ」

途中、二人揃って怖い脱線もしたが、それでも話が通じ合うと、池田も心から胸を撫で下ろした。

「でもま、その反応なら、ＯＫってことか。さぞ、先方も喜ぶよ」

「いえ、嬉しいのは俺のほうです。本当に、あれを飾ってくださった池田先生にも感謝します」

「なんの、なんの。これもお前の持ってる運…、いや、完全なまでの才能と実力の結果だよ。ま、あの和泉が癒されるぐらいだから、そうとうな威力なんだと思うけどさ」

「え？」

「いや、こっちの話だ。で、肝心なことが後回しになっちまったけど、近いうちに手術ができそうだぞ」

そうして新たな仕事が決まったところで、池田はもう一つの報告を来生にした。

「本当ですか？」

「ああ。黒河の予定に穴ができたんだ」

「黒河先生のご予定にですか？」

「そう。なんでも知り合いの病院で講習会を頼まれてたのが、キャンセルになったんだ。けど、その理由がすごいぞ。病院そのものが経営破たんで潰れちまったんだ」

「…っ」

これはこれで予期せぬ幸運と言っていいのか躊躇うところだが、少なくとも来生にとっては絶好のチャンスだ。池田は満面の笑みだ。

「世の中、何が起こるかわからねぇよな。でも、こういうときに割り込まないと、いつまでたっても待たされるから」

「いいんですか？　それで、俺が割り込んでしまって」

「早急の対応が必要な患者の予定はちゃんとしてるから」

「そうですか…」

来生は納得したようだった。が、心なしか語尾が重かった。

池田は膝の上に乗せられた来生の手を取り、ギュっと握り締める。

「どうした？　怖くなったか？」

「はい。少しだけ」

そう言った来生の笑みは、明らかに作られたものだった。

「難しい手術じゃないし、黒河の執刀だし、大船に乗った気持ちで任せて大丈夫だぞ。って言いたいところだけど、それでも手術は手術だからな。やっぱり怖いよな」

池田はどうしたらいいだろうかと考えるが、こればかりは自分が受けるわけではないので、軽く流せない。来生の手を握ってやるので精いっぱいだ。

すると、来生がそんな池田を見上げた。

「怖いのは、手術じゃなくて、見えるようになることです」

「ん？」

「今のままでも十分幸せなのに……。見えるようになったら、何かが変わってしまいそうで。先生に、もう…俺がいなくても大丈夫だよなって、言われそうで」

今にも捨てられそうな目をして、怖さの意味を訴えた。

余程池田のコンプレックス話を引きずっているのだろうか。それとも、これは彼の生い立ちから来ている？

池田は、来生の身体に両腕を伸ばすと、しっかり抱き締めて上体を引き上げた。

「馬鹿言うなって。それを言うなら逆だろう？　もう生活に不自由がないから、さようならって。やっぱり好みじゃないから無理って言われる心配しなきゃいけないのは、俺のほうだろう」

「そんな！　そんなはずないじゃないですか。どうして俺がそんなこと」

慌てて切り返す来生にプッと噴き出して、尚強く抱き締める。

「――――なら、その言葉そっくり返すよ」

「あ…」

そう、来生が光を取り戻すことに、まったくの不安がないと言えば嘘になる。気持ちのどこかで、1％にも満たない程度であっても、池田にだって恐怖や不安はあるのだ。

これまで池田が懐かせてきた捨て猫や捨て犬は、弱った身体が回復したら、いつの間にか消えている。独り立ちして、野生に帰ることが恩返しのように、決まって池田のもとを巣立っていく。

どんなに、もう離さないと決めても、池田は来生が巣立ちたいと示せば、奥歯を噛んでも笑って「そうか」と言うだろう。それが本当に来生のためになることだと思えば、笑顔さえ浮かべてしまうのが、池田の愛し方だ。

「俺たちは、二人揃ってけっこうビビリだってことを忘れるな」

「はい」

だが、それがわかっているからこそ、来生は池田の優しさが怖いと感じるときがあるのかもしれない。そんな優しさより、独占欲で縛ってほしい。もっと池田の好きに、自由に、雁字搦《がんじがら》めにしてほしいという願望が起こるのかもしれない。

「先生、大好きです」

来生は、自分からも抱きつくと、もっと今より強くならなければと思った。

離されそうだと不安になるなら、離さないと言いきれる自分になればいい。

池田を愛して愛し抜いて、愛される自分、離せないと思わせる自分に成長すればいいと。

「俺もだよ。叶」

池田の言葉ではないが、案外二人は似た者同士だった。

愛することには真摯でも、愛されることに慣れてない。

だから、いつも互いの心を手探りで捕まえる。捕まえ合う、そんな不器用な者同士だった。

＊＊＊

来生の手術が行われることになったのは、満開の桜が散り始めた四月も半ばのことだった。

手術の内容そのものは、池田も口にしたように難しいものではない。頭蓋骨に一センチ程度の穴を開け、直径五ミリ程度の内視鏡を針の代わりに用いて血腫を穿刺《せんし》し、吸引するだけだ。

手術前後の検査等を入れても、数日で退院できる内容のものだ。

それこそ、この方法が用いられるまでは、全身麻酔をかけて頭蓋骨に大きく穴を開け、脳を露出し血腫を取り除くという開頭による血腫除去術や、または部分麻酔で穴は小さく、針を刺して血腫を吸引する定位脳的血腫除去術などが主だったが、これらにはそれぞれのリスクがあり欠点もあった。それに比べたら内視鏡の導入により、簡単な上に安全で、患者の負担も最低限に抑えられるようになっているので、脳の手術の中での難易度は低い。これらだけを見るなら、何も案ずることがない。

しかし、そうとわかっていても池田は、ハラハラする自分がごまかせなかった。

「お前の気持ちが今になってわかったよ」

外科医である自分が何もできずに、ただ恋人の無事を祈る。それしかできない現実がどれほどやるせないことなのかを思い知ると、執刀に当たる黒河に苦笑が浮かんだ。

恋人である白石の執刀中にも白衣を脱がずに、他の患者に接していた黒河の気持ちが、今にして理解できる。池田もこれから来生の手術が始まろうというのに、白衣を脱ぐことはしていない。それどころか、三十分遅れで彼もまた、別の患者の執刀に当たる。それもかなり難しい手術だ。

「その言葉、そっくりお前に返すわ」

けれど、そんな池田に黒河は、珍しく微苦笑を浮かべて返した。

「え？」

「職業柄かもしれないけど、任せて待つのもきついが、任されて執刀するのも案外きついもんだ。池田、朱音のときは本当サンキューな」

手術の難易度と、友人の恋人を預かるプレッシャーは、別物なのだと告白した。

と同時に、それをすでに請け負った池田がどれほどの重荷を背負って執刀してくれたのかと思うと、改めて感謝が込み上げる。

池田は、天才の名をほしいままにしている黒河にこんな姿を見せられると、ますます惚れそうだと照れ笑いした。そう、彼の魅力はどんなに神がかり的な技術を持っていても、また人並み外れた精神力を持っていても、常に人間らしさを感じさせてくれるところだ。人が人である限り、絶対はない。だからこそ、どんなに難易度の低い手術であっても、決して彼は油断しない。何が起こるかわからないという緊張感と警戒心を持って執刀することが、一番成功率を上げる理由になっている。

「いや……。別に……。ってか、それが理由かよ、この完璧なまでのスタメンは。これ、血腫一つの手術に、必要なメンバーじゃないだろう。助手にいつもの清水谷はわかるけど、なんで浅香までいるんだよ。それもオペ看として!!」

だが、そんな話をするうちに、池田はふとオペに当たるチームメンバーを見渡し、妙に納得した。

「ははは。保険、保険。ちなみに和泉も手術室に入るってよ。脳外科の教授と一緒に。あと、眼科の杉本は残念ながら別件の仕事で駄目だったけど、そうとう加わりたがってた」

「勘弁しろよ。祭りじゃねぇって」

麻酔医から臨床技師からトップクラスのチーム黒河が揃っている。

こんなに万全な態勢を取る黒河も珍しいが、それ以前に全員が予定を合わせられていることが、不思議でならない。難易度マックス、二十時間を超えるようなハードな手術を普通にこなすようなつわものばかりで、いったい来生に何をするつもりだと聞きたくなる。

「ま、そう言わず」

「浅香」

「そうですよ、池田先生。黒河先生だって、緊張するときぐらいありますよ。大目に見てあげてください」

「清水谷」

そう言われてしまえば、納得するしかない。が、それでも池田は思っていた。この上、和泉と脳外科の教授はいらないだろう。ただの立ち合いで来るなら、他の仕事をしろよ‼　と。

「いいな〜。私もスタメンに入っちゃおうかな〜。池田のハニーちゃんだし」

しかも、そんな様子をのぞきに来たらしい院内一の美人女医、紋子までもが怖いことを言う。

「紋子…。お前は胸部心臓専門だから。叶の頭に心臓はねぇから」

「ふふふ。開いてみたら扁桃体が大暴走して、ドーパミンが溢れていたりして。いいわね〜、ラブラブで」

「――――…、扁桃体って」

さすがに他の者とは視点が違うが、それにしたって目がランランだ。池田に恋人ができたこと自体、彼女にとっては論文の対象になりそうな勢いだ。

「あ、でも手術が終わったとたんに、扁桃体も正常に戻るってことはないのかしら？」

「どういう意味だよ。それは」

「言葉のままだけど」

「紋子っ‼」

ちなみに扁桃体とは、脳の奥深いところにある〝好き嫌いを判断する中枢〟のことで、ここで好きと判断されると、快感を増幅する神経伝達物質・ドーパミンが放出される。

それだけに、池田は「よくも言ったな」と紋子の名を呼ぶが、そんなところにベッドに寝かされたままの来生が運ばれてきて、騒ぎは収まった。

「池田」

「おう」

これから手術室に入る来生にエールをと、黒河が池田を呼んだ。

「叶」

「いってきます」

来生は池田が何か言う前に、意気込みを口にした。しかし、握ってほしいと差し出した華奢な手は、微かに震えている。

「おう。いってこい」

池田はその手をきつく握ると、腹を据えて、いつもの調子で声をかけた。

少なくとも自分にとっては、これが日常だ。決して慣れて油断してはいけないことだが、日々の仕事だ。何も怖いことはない。そう態度で示すことで、来生から不安を取り除こうとした。

「来生さんって、綺麗なだけじゃなく可愛いな。なんていうか、まったく毒々しさがない。これまで見なかったタイプかも」

ふるふるしながらも、しっかりと池田の手を握り返す来生に、浅香がしみじみ感心する。

「本当。白石さんとはまた別の可愛さだね。年の差があるから、素直に甘えられるのかもしれないけど…。池田先生、待った甲斐があったって感じ。こういうのを運命って言うんだろうね。出会うべくして、出会った感じ」

池田が過去に思いを寄せていたことがある。とは、未だに気づいていない清水谷は、純粋な気持ちで二人の恋愛を見つめていた。

「じゃ、全員スタンバイ」

そうするうちに黒河の合図で、スタッフ全員が所定の位置につく。

開始時刻に合わせて、和泉と脳医学の権威までもが、室内に揃う。

「それでは、脳内血腫除去のオペを開始します」

手術台に横たわる来生を囲み、手術が開始される。

来生が事故に遭ってから、約二ヶ月が経っていた。

突然の失明と、利き手の損傷は、どれほど来生の運命を狂わせたかわからない。

だが、それさえ今日という日の重圧と比べたら、大したことではなかったように思えた。

局部麻酔とは別に緊張からか、うつらうつらしながらも、手術を受けるこの瞬間に比べたら、この先光を取り戻したときに、池田の姿を見るという瞬間に比べたら――――。

「来生さん、この指が見えますか?」

手術の途中で声をかけられ、来生は重い瞼を開いた。

「――――はい」

それは久しぶりに感じる明るさだった。ぼんやりとだが、目の前に出された指が見える。

「何本ですか?」

「二本です」

「これは？」

「四本…」

答えながらも、これは夢かと思うほど、睡魔に捕らわれる。

「OK。成功だ。視神経を圧迫していた血腫、完全除去。縫合に入る」

「はい」

来生は、テキパキとした黒河の声を聞きながら、深い眠りに落ちていった。

手術が終わると別室に移され、麻酔が切れた頃に、再び声をかけられる。

「気がつきましたか？　来生さん。手術は成功ですよ。目を開けてください。一応、部屋の明かりは少し落としてます。いきなりでは、眩しいと思うので」

来生は先ほどとは違い、はっきりとした意識の中で目を開けることになった。

「はい。わかりました。あ、黒河先生」

「なんですか？」

「――最初に、池田先生の姿を見たいんですけど、駄目ですか？」

何度となく、何を甘えたことをとは思っても、つい聞いてしまった。

「いいえ～。そうくると思って用意してますよ。ここに!!　さ、どうぞ」

と、妙にはしゃいだ黒河の声が聞こえて、頬が染まった。

「っ!!」

気配で池田がジタバタしているのが窺える。

「往生際が悪いんだよ、お前は」

「後生だ。お前が池田になってくれ」

「馬鹿言え」

きっと、気持ちは来生と同じなのだろう。期待と不安の入り混じった、この今の気持ちは。

「すみません。わがまま言って」

「いえいえ、どういたしまして。ほら、池田!!」

それでも来生が手を伸ばすと、池田は覚悟したように握ってくれた。

決して他人ではない、池田の温もり。来生は、この人で間違いないと確信しながら、ゆっくりと瞼を開いた。

「…先生」

「叶?」

固唾を呑む池田は、神様、仏様と絶叫したいほどだが、それを見守る黒河や浅香たちも、自然と両手を組んで祈っている。

「………あ。どうしよう。ごめんなさい」

「!?」

と、来生がその目に映った池田の姿を見るなり謝罪した。池田のみならず、全員が悪い予感に心臓を押さえてしまう。

「池田先生、すごくカッコいい。俺が作った粘土像より、何倍も素敵でした。すみません」

しかし、池田たちの心配をよそに、来生は恥ずかしそうに布団で顔を隠した。

「――――」

「よかった、よかった。な、色男っ!!」

男泣き寸前の広い背中を、黒河はここぞとばかりにバンバン叩いた。

「ようは、そもそもないものねだりのタイプだったわけね、彼は」

と、そんな様子を見ていて、紋子が呟く。

「ないものねだり?」

「人間はパートナーを求めるときに、二種類のタイプに分かれるの。自分と同じ性質を多く持つタイプか、自分にはまったくない性質を多く持つタイプ。でも、本来遺伝子的には、自分にない要素を取り入れて、次世代をより強くしようっていう本能が働くことが多いから、意外に美女が野獣を求めるケースは多いのよ。その逆もしかり。ま、あんたたちは揃って色男好きだから、遺伝子よりも煩悩のほうが強いタイプなのかもしれないけどね」

相変わらず言いたい放題な彼女に「ね」と言われて、浅香と清水谷は顔を見合わせる。

「本能より、煩悩」

「言い返せない」

だが、金も美貌も兼ね備えた副院長の弟の内科医を恋人に持つ浅香と、人気絶頂の二枚目俳優を恋人に持つ清水谷だけに、紋子に向かって「そんなことはない」とは返せない。

別に彼らも容姿で恋人を選んだわけではないが、一目で恋に落ちた瞬間のことを思うと、やはり見た目じゃないとも言いきれなかったのだ。

とはいえ、「顔は心の窓だ」とも言い返せずに、結局失笑をしいられる。

今回ばかりは、来生の純愛に完敗だ。心の目で選んだ恋人が池田というところにも、見る目の確かさを感じてしまう。

それほど池田は誰にでも好かれる男だった。おそらく院内で誰より惚れ込んでいるのは、いざとなったときに恋人の命さえ預けた黒河だろう。

先輩医師でさえ一歩下がって声をかけるような若き天才に、昔も今も肩を並べて付き合い続けてくれたのは、池田しかいないのだ。院内ではなく、同期の中で黒河が孤独にならなかったのは、彼の大らかさのおかげに他ならない。そういう意味でも彼は、孤独な相手にこそ、傍に欲しがられる男だ。

「あの…。みなさん、本当にありがとうございました。黒河先生、浅香先生…。それから…」

来生は、照れくさそうな顔をのぞかせながらも、改めて感謝を口にした。

なんとなくだが、声と名前を覚えていた相手に関しては、姿を見ても一致した。が、さすがにそれも全部ではなく、来生はここで初めて会った相手のところで視線を止めた。

「清水谷です。はじめまして。最近研修で留守がちだったもので、来生さんとこうしてお話しするのは、初めてですね。どうぞよろしく」

すると、来生は何度となく名前だけは耳にした清水谷と、ようやく対面を果たした。

「っ⁉　清水谷…先生」

どうりでどこかで、聞いた気がしたと思った。

〝清水谷‼〟

記憶が鮮明に蘇る。

最初に彼の名前を口にしたのは、池田だ。それも、事故の夜の第一声が、彼の名だったのだ。

「あ、パッと見、来生さんと感じが似てるでしょう。でも、こいつもこう見えて、外科医なんですよ。しかも、血を見ただけで倒れそうな顔して、ヤクザからでも笑顔で献血求めるつわものですからね。来生さんとは全然タイプ違うけど」

絶句するしかなかった来生に、浅香は笑って言った。

「…っ。みたいですね」

そうとしか言えずに、来生もその場は笑って返した。

『そうか…。そうだったのか。池田先生が出会ったときから優しかったのって、俺がこの先生に似てるからだったんだ』

だが、院内で幾度となく耳にした噂話を照らし合わせると、ようやく光を取り戻したはずの来生の目の前には、暗雲が広がり始めた。

『好きだったのに諦めたっていう、この先生に似てるから…』

何より見たくないと願っていただろう暗雲が——。

「どうした？　叶」

ふと黙り込んでしまった来生に、池田が心配そうに訊ねた。

「少し、眠くなってきました」

「そうか。じゃ、眠ったほうがいい」

池田の笑顔は変わらなかった。きっと来生を見る目も変わっていない。

それはわかっているのに、胸中に広がるもやもやが晴れない。

吹き飛ばすことが、今はできない。

「――――はい」

来生は今一度瞼を閉じると、やはり見えないままのほうがよかったんだろうかと、考えた。

そんなことはないとわかっているのに、今だけは考えてしまった。

清水谷の笑顔が眩しくて、きっと春の日差しよりキラキラとしているように思えて、来生はすべてに目を伏せてしまった。

7

術後、特に問題もなく落ち着いていたことから、来生は予定どおりの日程で退院が決まった。まるで見えなかったことが嘘のように、来生はクリアな視界を取り戻し、自らの足で小児科にも出向いた。

『俺は、身代わりだったのかな？　それとも好きな人に似ていた俺がこんなことになったから、池田先生は親身になってくれて。俺のわがままも聞いてくれて、付き合ってもくれたのかな？』

池田が話してくれたように、子供たちや保護者が集うプレイルーム兼用の談話室の壁には、ユニコーンの絵が飾られていた。それを見ながらお絵描きを楽しむ子供の姿も見られて、来生はなんて幸せなのだろうと思うのに、どうしても気がかりがなくならない。

『駄目だな、俺。自分の容姿を気にした池田先生には、俺を信じてないのかって逆切れしたくせに。じゃあ、お前はって聞かれたら、あのときの池田先生と同じこと言いそう』

池田が、自分たちは二人揃ってビビリだとぼやいた意味がよくわかる。

ないものねだりで焦がれているようにも思うのに、ふとしたところがよく似ている。

年も生まれ育った境遇も違うのに、ふとした不器用さが来生と池田はよく似ている。

『自分に自信がないだけだって。愛する自信はあっても、愛される自信が。相手にふさわしいと思える自信が――』

愛に対して、ついつい疑心暗鬼になってしまうところなど、一番かもしれない。

『どうしたらいいんだろう。どうやったら、自信って持てるんだろう？』

来生は、病棟にいながらも笑顔が絶えることのない子供たちを見つめて、しばし考えた。

『キラキラしてたな、清水谷先生って。ううん。清水谷先生だけじゃない。浅香先生も黒河先生も。ここに勤めている人は、みんな自信を持ってて、キラキラしてる』

自分だって、彼らと同じように輝きたい。そう思うほどに、どうしたらそうなれるのだろうと、今更なことばかりを。

『ヤクザからでも笑顔で献血求めるって、どれほど勇気がいるんだろう？　それって、相手がヤクザだって知らずに、店で笑って応対してたのとわけが違うよな…？　本当、清水谷先生って顔は多少似てるのかもしれないけど、全然違うタイプの人だ。俺なんか足元にも及ばない』

しかも、そこは本来気にするところではないだろうに、浅香のひと言が余程印象に残ってしまったらしい。

『足元にも』

来生は、退院を迎える日まで考えてしまった。

「じゃあ、気をつけて帰るんだぞ。俺も引き継ぎ終えたら、すぐに帰るから」

「はい。わかりました」

そして退院してからも、考えてしまった。

『駄目駄目駄目だ、こんなことじゃ。池田先生、午後には帰ってくるし。ようやく見えるようになったんだから、キッチンも解禁。何か作って待って…⁉』

それでもどうにか気を取り直して、病院から出て地下鉄の広尾駅へ向かった。

中目黒《なかめぐろ》にある池田の部屋へ戻ろうとした。が、そんな来生の前に横付けされたのは、一台のベンツだった。

「叶くん」

右ハンドルのドアが開くと、中にはすっかり存在を忘れていた男が乗っている。

「瀬木谷さん…」

暗雲が広がる。

都会の空にも、来生の胸にも、黒くどんよりとした雨雲が――。

「話があるんだ。画廊まで来てほしい」

立ち尽くしていた来生は、車から降りてきた瀬木谷に腕を取られると、そのまま助手席へ引っ張られた。

押し込められるようにして、一路銀座の瀬木谷画廊まで連れて行かれた。


浮足立つのを堪えながら、池田が独身寮に戻ったのは午後のことだった。

来生は午前中に退院していた。先に戻った彼が、今日はいったいどんな笑顔で迎えてくれるのだろうと想像すると、池田はそれだけで顔がにやつくのが止められなかった。

誰に何を言われたところで、嬉しいものは仕方がない。池田の脳内は、それこそドーパミンが放出しっぱなしかもしれない。

「――――⁉」

だが、何かおかしいと察知したのは。インターホンを押して数秒後からだった。

来生の返事がない。来生は何はさておき、インターホンに対して軽やかな声で返事をする。

「叶？　今帰ったぞ、叶？」

次に玄関まで移動して、池田を出迎えに来る。が、それがない。

「おかしいな…。帰るって、こっちじゃなくて、もしかして自分のマンションに戻ったのか？」

ひと気のない空間に戻ると、池田は一気に興醒めした。

それでも、見えるようになったことで、いったん自室に何かしに行ったのだろうか、もしくは買い物か何かでちょっと出ているのかと、想像した。何にしても、浮かれて帰った分、その気落ちは大きい。

と、池田の背後からインターホンが鳴った。

「叶――――。と、なんだ杉本か。どうした？」

急いで玄関扉を開けたが、立っていたのは眼科医の杉本だった。

「あ、池田先生。来生さん帰ってますよね？　実は、さっき来生さんとよく似た人を見かけたんで、ちょっと気になって」

杉本は杉本で妙に慌てており、玄関先から室内の気配を窺っている。

「どこで？　その叶のそっくりさんってやつ、どこで見たんだ」

池田に直感とも呼べるものが走った。

「え⁉　銀座です。でも、いかにも友人には見えない男連れだったんで、違うと思うんですけど。って、池田先生‼」

杉本の話を聞くなり、飛び出していく。

『瀬木谷か、それともあのホストか⁉　今更人のものに何しようってんだ、あいつら‼』

これは間違いなく、拉致《らち》に近い状態で、連れ去られたに違いない。

池田は、来生から進んで会いに行ったとは到底思えず、一路銀座を目指した。

寮を出たところでタクシーを捕まえ、まずは銀座にあると聞いていた瀬木谷画廊へ向かった。


時は二時間ほど遡《さかのぼ》る――――。

強引に車に乗せられた来生は、銀座の一角に構える瀬木谷画廊の商談室にいた。

瀬木谷は何事もなかったように、来生に席を勧めると、お茶を出した。

これまでのように、まるでこれから仕事の話をするかのように、平然とした態度だった。

「どうして退院したのに、連絡をくれなかったんだい？　しかも、もう手術まで終わったっていうじゃないか」

「別に。ご連絡する必要はないと思っていたので」

「それはどういうことかな。君は大切な当社のレーターだよ。そして、私の恋人だ」

どうやら来生の中で終わっていた関係は、瀬木谷の中では続いていたらしい。

それも一方的な内容で、来生は湧き起こる憤《いきどお》りが隠せない。

「冗談はやめてください。俺は、そのどちらでもありません。もう、あなたとは無関係なはずです」

「どうしてそういうことを言うんだい？　私は君が動けない間も、きちんと君の口座に売り上げを振り込んでいるし、日夜〝来生叶〟を守り続けてきたんだよ。それに、粘土の話も聞いたよ。作品も写真だが人伝に見せてもらった。正直言って、君にあんな才能まであったなんて驚いたよ。ただ、東都製薬と大きな契約をしたそうだが、勝手なことをされては困る。君の作品は私の、いや…、私たち来生叶プロジェクトのもののはずだからね」

はっきり返答するも、瀬木谷は言い分を押し通す。

どこまで身勝手なのだろうと、呆れるしかない。

確かにあれからも一定の金額が、瀬木谷から来生の口座には振り込まれていた。

が、それは同意したこともない勝手な新契約で計算された著作権使用料で、来生にとっては迷惑なだけの金額だ。それこそ腹立たしい上に気味が悪いだけだったので、来生は退院すると池田に同行してもらい、入金分を返送した。その上で、口座を締めて、新規に作り直して、それからは一切彼とは金銭のやり取りもしてないのだ。

「知りませんよ、そんなこと。すでに預けてしまったものや、あなたが勝手に手を加えさせて作ったものは、あなたたちのものかもしれません。それはもう、どうでもいいです。けど、それ以外の作品は俺のものです。完全に俺個人のものであって、あなたにはなんの関係もないです」

そんな経緯もあり、来生は自信を持って言いきった。

絶対に負けるものかと、回復した視線も一切逸らすことをしなかった。

「そんな可愛くないことを言って、私を本気で怒らせるのはただの損だよ。この世界で二度と仕事ができなくなる」

「けっこうです。どんな妨害でもしてください。今の俺には、怖いものなんかありません。あなたが何をしたところで、その結果誰に何を言われたところで平気です」

どんなに瀬木谷が脅かしてきても、今の来生にとって、池田との関係が壊れる以上に怖いものなどない。ましてや、すでになくしたと思っている絵描きとしての人生に、未練などあろうはずもない。

来生が新たに開花させた才能と仕事は、あくまでも池田や和泉、そして東都医大で知り合った人々に支えられて得たものだ。それを土足で瀬木谷に踏み込んでほしくはない。

来生は新たなテリトリーを守るために、瀬木谷に対して牙をむいた。

「この…っ。人が優しくしてれば、つけ上がりやがって」

「っやっ!!」

「お前はこれからも、私の言うとおりにしていればいいんだ。私が言った仕事だけをしていれば、それでいいんだ」

激怒した瀬木谷が胸倉に摑みかかって来ても、視線だけは背けることをしなかった。

「嫌です。俺は、もう二度と、あなたとかかわり合う気はありませんっ‼」

これまでの来生なら、あり得ないことだった。

それだけに、瀬木谷は一筋縄ではいかなくなった来生相手に、とうとう拳を振り上げる。

「何⁉　強がりも大概にしろ‼」

しかし、振りかざした腕を取られて来生から引き離され、そのまま奥歯が折れるほど殴り倒されたのは、瀬木谷のほうだった。

「――――ぐっ‼」

バキッと嫌な音がしたかと思うと、瀬木谷は激痛からのたうち回って、頰を押さえる。

「馬鹿言えよ。強がってるのはお前だろう。叶が新しいものを創り始めてから、お前の計画メタメタだもんな」

来生の窮地を救ったのは他でもない、暁生だった。

「っ、暁生」

一瞬池田の姿を頭に過らせた来生は啞然としていたが、それは致し方がないことだった。ここに池田が現れるなんて偶然や必然は、どう考えてもあり得ない。

池田は院内で白衣を纏っているはずだ。帰宅さえしていない時間だ。

「貴様…っ」

瀬木谷は身体を起こすと、恨めしそうに暁生を見上げた。

「そう――――。来生叶ブランドだかなんだかしらねぇけど、今後に入ってた企業との契約は、次々にキャンセル。誰が描いたのかわからないような絵の売り上げは、一気にガタガタ。それどころか、あんなわかりにくい表示や説明で絵を売りつけるなんて詐欺同然だって、消費者センターに垂れ込まれたらしいじゃないか。お気の毒」

暁生は完全に瀬木谷を見下したまま、不敵な笑みさえ浮かべた。

「それに、いい加減に見栄を張るのもやめたらどうだ？　こんな地代の高いところに店を構えて、自分に身分不相応な金かけて、カリスマバイザー気取ったところで、実際採算なんか取れてないんだろう？　何年も前から画廊の経営は火の車。だから叶の才能を利用することを考えた。叶が怪我なんかしなくても、いずれはブランド化を実行するつもりで、すでに贋作画家に新作を描かせてたんだ。叶の画風やモチーフをアレンジさせて、さも本人の新作のように見せかけて売るためにな」

どうして、なぜ、暁生がこんなことまで知っているのか、来生にはわからない。

だが、よくよく思い出せば、瀬木谷は店に出入りしていて、ハウスボトルのラベルに出会い、そして来生にも出会った。それを思えば、多少なりとも店の客なり、ホスト仲間なりから、瀬木谷の動向や情報は得られるのかもしれない。たとえ来生には無理でも、カリスマと慕われる暁生なら、進んで情報提供する者も跡を絶たないだろう。

ただ、どうして今になってまで暁生が瀬木谷を気にし、また来生を守るように現れたのかは、理解しがたいが。

「何を根拠に、そんな言いがかりを」

「根拠も何も、何年俺がこいつと一緒にいたと思うんだよ。こいつは一枚描くのに、お前が歯ぎしりしそうなほど時間がかかる絵描きじゃないか。それこそ、はたから見たらとっくに完成してるように思える絵にさえ、そこから何ヶ月も塗り重ねるようなタイプで、とてもじゃないが、お前の希望するようなペースじゃ仕事はこなせない。お前だってそれに気づいていたから、来生叶そのものを量産化しようって思ったんだろう?」

それでも来生は暁生の言葉から、彼が絵描きとしての来生叶をちゃんと見ていたことがわかって、胸が熱くなった。それも、売れ始めてから何が一番来生のプレッシャーになっていたのか、そこまできちんと把握している。

「たとえ質より量になっても、叶を業界のアイドルに仕立てて、一気に売ろうって。二、三年で消えたところで、ひとたびブームに乗れば、それなりの稼ぎにはなる。いろんな名目でピンはねしていけば、散財が祟って作った借金も返せるし、ここからしばらくは安泰だ。お前にとってはいいことづくめだもんな」

来生が気づかなかっただけで、また暁生が気づかせようと働きかけなかっただけで、来生は暁生が絵描きとしての自分をまったく無視していたわけではなかったことがわかり、嬉しくて嬉しくて仕方がなかった。

「でも、結局お前は叶の才能を、軽んじてたんだよ。利用したわりには、叶自身の魅力さえ甘く見ていて…、こういう手痛いしっぺ返しを食らう羽目になってるんだよ。何せ、客っていうのは正直なもんで、本物を知ったら偽物じゃ我慢できなくなるんだ。初めから偽物掴んだ奴ならともかく、一度でも本物に触れたら、ましてや叶自身に触れたら偽物に愛着なんか持てなくなる。稀《まれ》に愛着を持ったとしても、それは偽物嗜好っていうまったく別の愛着で、そのときにはもう来生叶のものとしては見てないってことなんだよ」

「っ……」

「ま、俺もお前のことは言えない。叶を甘く見てて、全部失敗したクチだからな」

しかし、ぐうの音も出ない瀬木谷のどこかに自分を重ねているのか、暁生の顔からは、次第に傲慢さが消えていく。

「なんにしても、叶はこのとおりの性格だ。事を荒立ててまで、お前にされた非道の数々に対して、仕返ししようなんてしないタイプだ。少なくとも、世に出してもらった恩だけは律儀に感じてるだろうし。けど、それがわかってるから、世の中には代わりに俺がとか、私がって思うファンは大勢いるんだよ。特に叶のオリジナルに大金つぎ込んだ奴は、少なくとも、正々堂々と偽物が正規品として出回ることなんか認めてないし、それを画商自ら手掛けたことに対しては、そうとうご立腹だ」

瀬木谷は瀬木谷で、身に覚えがあることばかりを言われているのか、頬を押さえながらも言い返すことさえしない。

「すでに、いろんな影響が出てきて危ない状態かもしれないが、これ以上の報復も、今後もガンガン来ると思っといたほうがいいぞ。新生・来生叶の作品を待ってましたと求めてる奴は、お前が没落していくのを笑顔で望んでる奴らばかりだからな」

「――――っ」

肩を震わせ、その視線を来生に向ける。

「行くぞ、叶」

「待て、叶!!」

暁生が来生の腕を掴んでいこうとすると、瀬木谷らしくもない弱々しい声で引き留める。

「いや、待ってくれ。頼むから、私のところにいてくれ。今後も私のもとで作品を作ってくれ。やり方は君に任す。だから…、そうでなければ、この画廊はもう…本当に」

これが人を欺《あざむ》いた者への天罰、そして末路なのか、瀬木谷にはもう自身を立て直すだけの覇気がなかった。

「すみません。デビューのきっかけを作ってくれた瀬木谷さんには感謝してます。恩も感じてます。けど、俺にはもう他に支えてくれる人がいるんです。あなたに突き落とされた絶望の淵から救ってくれた人がいるんです」

来生も心を鬼にして、それを絶望的に見つめるだけだ。

「俺が俺らしくいられるようにって、見守ってくれる人が。仕事も俺自身も、全部丸ごと支えてくれる、大切な人が――――」

来生は、これで本当に瀬木谷とは終わりだ。二度と会うこともないだろうと確信し、腕を掴んだ暁生の手からもすり抜け、その場から力強い足取りで立ち去った。

何かを言いかけた暁生に背を向け、店内から春の日差しが心地よい街の中へ出ていった。

店の外に出ると、暁生は来生の背中を見ながらぼやいてきた。

「いつの間にそんな相手を作ったんだよ。お前は、俺のものだろう。どんなにピーピーギャーギャー言っても、必ず俺のところに戻ってくる。そういう奴だっただろう?」

「…暁生」

「それこそ、描けなくなった自分を目の当たりにすればこそ、俺が誰よりお前を見てきた、お前自身だけを見て、ちゃんと愛してるんだって、気づく奴だと思ってたのにな」

平日の午後だけに、人通りはそれなりにあった。

しかし、暁生はそんなことは、まったく気にしなかった。むしろ、ここなら警戒することなく来生も自分の話に耳を傾けるだろう。最後に立ち話ぐらいは付き合うだろうと、そんなふうだ。

「何を今更って顔だな。もともと本気で好きじゃないくせに。ただの世話焼きが高じて付き合っただけなのに。そんな営業トークにもならないようなこと言われてもって…」

来生は、向き直って暁生と目を合わせると、黙って聞いた。

瀬木谷との争いから救ってもらった感謝もあって、暁生に話したいことがあるなら、最後まで聞こう。聞いて、ありがとうとさようならで終わらせようと心に決めていた。

「けどな、俺がお前に世話焼き程度の愛しかなかったって言うなら、お前は俺に感謝程度の愛し

愛は」
救ってくれた暁生への感謝だけは忘れてないって。そればっかりじゃなかったか？　お前の言う
「何があっても、感謝してる。これまでずっと境遇に同情して、構ってくれて、そうして自分を
「っ？」
か寄こさなかったぞ」

だが、黙って話を聞くだけの来生に、暁生は同意を求めてきた。
「俺はずっと、感謝されるより愛されたかった。俺がお前の出世を僻んで、嫉妬して、無慈悲な
態度に出たときも、それを変に納得したり我慢するんじゃなくて、こんなに愛してるのにひどい
って責められたかった。もっとありのままの感情をぶつけられたかったよ」
本当は、二人の間に何がほしかったのか、来生から何を得たかったのかを告げてきた。
「セックスにしたってそうだ。結局お前は俺が手を出すのを待ってるだけで、お前から俺を求め
てくれることはなかった。どんなに客と接して見せても、文句も言わないし。そもそもホストだ
から仕方ないって一言で納得して、一度として仕事を辞めてでも自分だけのものになってほしい
とは言わなかった。それだけの激情も愛情も起こったところを見せてはくれなかった」
来生は、思い当たることが多すぎて、先ほどの瀬木谷のように口を閉ざした。
「俺がどこまでもお前にとっては恩人だったから。ホストとして、恋人として、接客や恋愛やセ
ックスを教えてくれた恩人のままだったから、俺が〝お前のためならいつでもホストなんか辞め
てやる〟って言った言葉の裏さえ、理解しなかった」

そんなはずはないと否定したい気持ちと、そう言われたら確かにそうだと肯定する気持ちが、来生の中でぶつかり合った。

「ま、俺のあの言い方じゃ、わかれって言っても無理だっただろうけど。どんなに描けないお前でも、見えないお前でも、俺はお前ならいいんだって。お前が生きて傍にさえいてくれれば、それだけで十分なんだって、伝わるわけもないけどな」

いずれにしても、もう遅い。

どうにもならないことは、来生だけではなく、暁生自身も知っている。

「ぶっちゃけ、身動きが取れなくったお前を、瀬木谷がまともに相手にするはずがない。喜んで面倒見られるのなんか、俺ぐらいだろうって驕りもあった。どんなにお前が突っ張ったところで、どうせ長続きしない。そのうち連絡してくる。泣いて縋って捨てないでって。そう、馬鹿みたいに油断してたから、どこの誰だかわからないような人間に、攫《さら》っていかれるんだろうけどな」

だが、だからこそ暁生は、二度と同じ過ちを繰り返さないためにも、ここですべてを吐き出しているようにも思えた。

「お前は、そもそもそこにいるだけで、人を癒すんだから。自分だけのものにしたい。そういう温かさや魅力を持ってるんだから、目を離したらアウトなのに。な、叶」

「────……っ」

すべてを来生に伝えようとしているように思えた。

「すげぇ、後悔してるよ。今」

ふいに両手を差し伸べ、来生の身体を抱き寄せる。

来生は、ピクリと身体を強張らせた。

「自分のチンケなプライドや嫉妬のために、お前に最後まで素直になれなかったこと。本当は、誰より俺の支えだった。心の支えだったのに、俺は変な見栄ばっか張って、意地になって、八つ当たりもして。何に一番嫉妬してたって言ったら、お前が絵を描くってこと、夢を追うこと以上に俺を好きにはなってくれなかったってことなのに、それさえ悔しくて口にできなかった」

しかし、どんなに駄目だ、いけないと思っても、来生はその腕を振り払うことができなかった。

「全部、後の祭りだけどな」

周りの目があるなしは関係なかった。ただ、こんなにも正直に、そして素直に気持ちをぶつけてくれた暁生が初めてで、その思いに精いっぱい応えたいだけだった。

「ごめん…。ごめんなさい」

来生は、抱き締める暁生に、まずは謝罪した。何にと言えないぐらい、いろんな意味で。これまでに起こってきたさまざまなことに関して、心から。

「けど、ありがとう。暁生が全部話してくれて、俺は今、すごく救われてる。暁生に対して、暁生との恋や付き合いに対しては反省もたくさんしてるけど。それでも、すごく救われてる」

そして次には感謝した。

しかし、こうなる以前に抱いていた感謝とは、明らかに違っていた。

「好きだったよ、暁生。俺はすごく暁生のことが好きで、尊敬していて。でも、いつも暁生の顔色を見てた。嫌われたくなくて、ずっと構ってほしくて、暁生の上辺ばっかり見て、心の中まで見てなかった。見ようとしてなかった。だから、ずっと俺と付き合ってるのは、同情だと思ってた。そんな相手に本気になって傷つくのが嫌で、きっと俺は――――愛するより、感謝するほうを選んでた」

来生は暁生に対して、決して顔色を窺うような顔も視線も向けてはいなかった。

堂々と、そして対等に、自分の思いを打ち明けていた。

「でも、目が見えなくなったおかげで、俺は心で人を見るようになった。懸命に相手を知ろう、理解しようって、必死になった。だから、入院中に出会った人たちに対しては、すごく素直にもなれたし、心も開けた。絵を描くっていう逃げ場もなかったら、そこで踏みとどまって、精いっぱい戦ってた」

暁生は、自分に向かって「許さない」「一生恨む」と言い放ったあの日から、明らかに来生が変わっていることに、安堵するのと同じぐらい寂しさを感じた。

「それに比べたら、それ以前の俺も悪かったんだと思う。きっと、今までは人を恨まない努力とか、なんでも我慢して笑い続ける努力はしてきたけど、逃げずに真っ向から挑むってことをしてなかったんだと思う。描くことで気持ちをごまかして、それで自分は努力してるって、勘違いしてたんだと思う」

こんなふうに来生を強くしたのは、自分ではない。それがひしひしと感じられるだけに、来生を変えた誰かが妬ましくて、憎らしくて、嫉妬さえ起こった。

「――――な、叶。これだけ理解し合えたのに、俺たちもう戻れないのか？　一からやり直せないのか？」

なのに、無駄を承知で言ってみる。

「暁生…」

はっきり断られることがわかっているのに、最後の最後に踏ん切りをつけるために、暁生は力強く抱き締めて、そして躊躇いがちに突き放される。

「叶っっっ」

だが、来生を心配して駆け付けた池田が現れたのは、まさに来生が「ごめんなさい」と言おうとしたときだった。

「っ…、先生」

来生は、どうしてここに池田が現れたのかがわからなくて、少しポカンとしてしまった。

暁生と一緒にいたことに悪気も浮気心もないので、しまったともまずいところを見られたとも思わず、呆気にとられていた。

「…悪い。邪魔したな」

しかし、血相を変えて駆けつけた池田は、そういうわけにはいかない。

一言詫びると、視線を逸らして、背中を向けようとした。

「あ、違…っ」

ようやく誤解されたことに気づいて、来生は池田を追った。

が、一度は背中を向けようとした池田が思いとどまり、向きを変えた。

「————って、言うわけねぇだろう!! ふざけんな、この野郎!!」

池田は来生の胸倉を摑むと、容赦なく引き寄せて、怒鳴りつけた。

「ひゃっ!!」

まるで土砂崩れにでも遭ったような怒号に、来生は全身を竦めた。

「お前な、これ以上後のないオヤジの純愛をなめてんじゃねぇぞ、コラ。お前は俺のものだって言っただろう。絶対に離さないって。それを、目が開いたとたんにこれかよ。結局最後は見た目か!? ルックスの好みか!! これだから顔のいい奴はって、言わせてぇのか貴様!!」

さすがにこれでは、来生が言い訳もできないまま泣くかもしれない。

暁生は、まずいと思って、自分が仲裁に入ろうとした。

「すみません。あの」

自分が土下座でもなんでもすれば、そう覚悟も決めた。

しかし、

「失礼なこと言わないでください!!」

何かあればすぐに目を潤ませていたはずの来生が、声を荒らげた。

「っ!!」

それどころか、来生を丸呑みしそうなほどの大男にしか見えない池田に手を振り上げると、その横っ面を叩いた。

「彼とは、暁生とは、たった今宙ぶらりんになっていた別れ話を完結させただけです。お互いこれからは失敗しない恋愛しようって。好きって感情に素直になって、新しい相手と幸せになろうって、そういう決着をつけたところです」

人目も何も憚《はばか》らず、来生は池田に説明を始める。

『いや、そんなこと言ってねぇし。思ってもいねぇし』

その様子に、暁生は失笑するしか術がなかった。いったい二ヶ月やそこらで、どうしたらここまで人間変われるんだと、聞けるものなら聞いてみたい。

「そりゃ、街中でハグさせちゃったのは…、ごめんなさい。感極まって、突き放せなくて、それは俺が悪いです。けど、それを言ったら池田先生だって、しょっちゅう黒河先生とハグしてるじゃないですか!! 紋子先生とも肩並べて、お茶飲んでるし。ナースさんたちとだって、患者さんたちとだって、ニコニコ笑って話してるし!!」

それほど来生は、強くなっていた。

「それに、清水谷先生のことだって…。俺が何も言わないと思って」

「清水谷?」

「そうですよ、わかってるんですよ、俺。池田先生が、最初から俺に親切だった理由。俺が清水谷先生に似てたからでしょう?」ずっと片思いで、諦めるしかなかった人に似てたからでしょう」

「えっ? いや、別にそういうつもりは」

「でも、俺!! 負けませんから」

「っ？」

誰の目から見ても、池田の目から見ても、逞しくなっていた。

「絶対、絶対に俺のほうを選んでよかったって。清水谷先生じゃなくて、俺を選んで正解だって思ってもらうように頑張りますから」

だが、それ以上に美しく、キラキラと輝く来生に変貌させたのは、やはり無二の愛だろう。

愛されることを望むより、まずは愛することに悦びを覚えた結果だろう。

「そりゃ、俺にはヤクザ相手に献血なんか求められないけど…。清水谷先生みたいに、知性も教養もないけど。でも、そのうち絶対に、献血どころかドナー登録の勧誘できるぐらいまで根性つけますから。これからうんと勉強もして、先生のお仕事の愚痴ぐらい、ちゃんと理解して聞けるようになりますから!!　だから…、だから」

どうしても、〝清水谷＝ヤクザさえものともしない〟という図式から離れられないらしいが、それでも来生がこれだけのことを他人に、それも池田にぶつけられるようになったことには、池田本人もただただ唖然だった。ポカンとするばかりだった。

それでも、

「俺のこと、嫌いにならないでください。俺の気持ちを、好みを疑ったりしないでください」

ぶつけるだけぶつけて返事が来ないと、来生は次第に心細そうな顔つきになっていった。

「俺は、池田先生が好きです。空のように心が広くて、海のように愛情深い、世界でたった一人の池田先生が好きです」

もしかしたら言いすぎた。失礼すぎたと反省が過ったとたんに、これまでの勢いは一気に急降下した。

「だから…。だから――――」

そうして俯きがちになると、今度は今にも泣きそうな顔で、池田を慌てさせる。

「すまん。悪かった。俺の早とちりだった。勘違いだったし、誤解だったし、すまん」

池田は来生を抱き寄せると、肩や背中をポンポンと叩いて、慰めにかかった。

周囲には、目が離せず立ち止まった人々がかなりいたが、それさえ気にならない。

「はっ。どうりで俺に本気にならないはずだよ。そもそも趣味が離れすぎだ」

暁生は、来生が見つけた真の恋人が池田と知ると、あまりに自分とはかけ離れた人物像だったことから、これはどうにもならないと笑ってぼやいた。

「本当に何もかも。な、叶」

それでも池田からは、瀬木谷のときに感じたような嫌な臭いが感じられない。

穏やかで、愛情深い、大人のオーラしか感じなかったことから、これはこれで安心した。

その後は黙って引き下がり、来生に声をかけることもなく、姿を消した。

銀座の街から自分のホームのある六本木へ。

昼の街から夜の街へ。

ただ独りで――――。

＊＊＊

二人は池田の寮へ戻ると、どちらからともなく抱き締め合って口付けた。

玄関先だというのに揃って衝動に負けて力の限り貪り合うと、その後は池田に抱き上げられて、来生は寝室まで運ばれた。

「でも俺、先生が怒ってくれて嬉しかったです。あんな道端で本気で怒ってくれて、俺のものだって言ってくれて。すごく嬉しかったです」

ベッドに優しく横たえられると、来生は池田を求めながら、喜びを伝えた。

「あのまま立ち去られてたら、俺…どうなってたか自信ないです」

「ショックで、元彼とより戻しちまうってか」

池田は、自分の姿をジッと見つめる瞳に惹かれながら、来生の身体に覆い被さっていく。

「いえ。追いかけて、飛びついて、捨てないでって叫んでたかもしれないです。先生がどんなに困っても、泣き落としにかかってたかもしれないから」

「いや。今のお前なら、結果は変わってない気がする。むしろ、人の話も聞けよ、このオヤジぐらい叫んで、飛び蹴りの一つもしてきたかもしれないと思うが…」

ふざけながら、じゃれながら、二人は他愛もない会話の間も互いに触れて探り合った。

「そんなっ。そんなことしませんっ。いくらなんでも、先生に向かってそんなこと…。言わないし、しないですよ」

来生は両手で池田の頬を包むと、小さな唇を窄ませた。

「ただ、信じてほしくて、強引にキスとかはしちゃうかもしれないですけど」

チュッと自ら口付け、本気で池田を照れさせる。

「っ、完敗だな。お前には。いや〜、若さって偉大だわ。敵わねぇや」

「そんな、先生だってまだまだ若いですよ。それなのに、大人の男の魅力もあってずるい」

あまりに照れすぎてか、真っ赤になって俯いてしまった池田の首に、来生は両腕を絡ませた。

「やめろよ。叶にそう言われると、錯覚しそうになる。俺って、そんなにいい男だったっけ？ってよ」

「錯覚じゃなくて、事実ですよ。だって、先生は見た目も中身も男らしくて、優しくて、それでいて紳士じゃないですか。本当に素敵な男性ですよ。たとえどんなにルックスがいい人でも、先生ほど他人を大切にできるかって言ったら、できない人はたくさんいます。親身になれる人も、いないと思います。ましてや、いくらお医者さんだっていっても、血まみれで倒れてる通りすがりの赤の他人の手をずっと握れる人って、限られてると思うし…」

不思議と来生は、こればかりは自分が清水谷に似ていたからとは、思わなかった。

池田なら、どんな相手にも同じことをした。きっと目の前に心細げな手があれば、自分の手を差し伸べて、握り締めるだろうと思えた。

「そりゃ、東都の方なら皆さんそうかもしれないけど…。でも、俺はこれまで事務的なお医者さんしか会ったことがないし、いかにも俺は偉いんだぞって態度でしか来られたことがないから、先生の誠実で謙虚な対応には頭が下がります。尊敬します」

来生は、初めから医師という立場の人間に特別いい印象は持っていなかったことを告白しながらも、それがこの事故の体験で、また東都の職員と出会ったことで、少なからず払拭されたことも池田に伝えた。

「俺、先生の男らしい姿が大好きです。本当に、ないものねだりですけど、憧れます。恥ずかしいけど欲情もします。すぐ、こんなふうに胸がドキドキして」

そして、池田がどんなに照れても、これだけは言い続けようと思った。

ちゃんと自分からもアピールしようと思った。

「叶…」

「俺、今夜は先生のイクところが見たい。駄目ですか？」

暁生に言われるまでもなく、きっと自分が欲しいものは、相手だって欲しいのだ。

どんなに恥ずかしくても、照れても、これはたった一人のパートナーにしか言えないことだから。求められないことだから、来生は池田の目を見ながら、いつも以上に甘えてみせた。

「馬鹿言え…。俺だって、俺を見ながらイクお前が見たいよ――」

「んんっ」

素直に、心から池田と共に快感を分かち合いたくて、強く唇を押し当てられると、自分からも貪った。

「こんなに俺しか見えてない奴は、お前が最初で最後だろうから」

そうして池田が衣類に手をかけると、来生も同じように池田のそれに手をかけた。

「俺の人生の中で、どんなに誰と出会っても、たった一人しかいないだろうからさ」

触覚ではなく、今夜は初めて目にする逞しい胸板に、ドキドキしながらも器用にシャツのボタンを外していった。

「叶だけだろうから——さ」

今夜は、これまでは覚えのない快感が待っているような気がした。

ありったけの愛をぶつけ合うまま、何もかもが熱く燃え上がり、愉悦の中で溶けてしまいそうな気がした。

「池田先生…っ」

部屋の外には散り急ぐ桜の花びらが雪のように舞っていた。

まるであの日、あの夜の雪のように、チラチラ、チラチラと舞っていた。

おしまい♡

すでにお気づきの方もいるかもしれないが、来生《きすぎ》と清水谷《しみずたに》の類似点は、その美しい容姿だけではなかった。

何が一番似ているって、根本的な人間性だった。

「清水谷先生！」

「あ、来生さん。こんにちは。すっかりよくなられて」

「おかげさまで。あ、聞いてください先生。俺、先生に負けない根性を身につけようと思って、昔接客していたヤクザさんたちのところに、ドナー登録のお願いに行ってきたんですよ」

そう。それはと言えば、こんなところだ。

「は？」

「ただ、なんかみんな健康じゃないから、輸血とか臓器提供はできないって。でも、角膜ぐらいならいいよって、カードの所持をしてくれることになったんです。頑張ったでしょう⁉」

「えええ。すごいですね、来生さん。俺に負けない根性っていうのが、いまいちよくわからないけど。そういう活動を自主的にしてくれるところが、本当にすごいと思いますよ‼　さすがは池田《いけだ》先生が選んだ人だけはあります。立派！」

「そう言っていただけたら嬉しいです。これからも先生に負けないよう、頑張ります」

誰にも介入できない、それぞれのダーリンたちさえ置いてきぼりを食うしかない、この天然のとぼけっぷりだ。

「────でも、やっぱり黒河《くろかわ》先生には敵わないんですよね。黒河先生、誰かれ構わず使えるものは全部よこせって言うわりに、この前現職の大物議員さんが献血に来たときは、ばっさり〝いらない〟って言ったんですよ。腹どころか全身真っ黒そうだから、そんなの貰っても使えないって」

「うわぁ…。やっぱり提供者って、ちゃんと選ばないと駄目なんですかね？」

「うーん。どうなんだろうね？　健康以外に性格って大切なのかな？」

真顔で周囲を絶句させるところだ。

「誰だよ。わけのわかんねぇことを叶《かなう》に吹き込んだ奴は」

その様子に、池田は心底から溜息を漏らした。

よもや浅香《あさか》が放った何気ないひと言が原因とは知らず、「なぁ、浅香」と本人に話を振った。

「さ、さあ…」

さすがに身に覚えがあったのか、浅香の目が泳いだ。

「あ、そうだ。瀬木谷《せきや》画廊が破産宣告を受けて、倒産したのを知ってます？」

自分に責任追及が来る前に、とっとと話題も変えた。

「そういえば、そんなニュース見たな」

「じゃあ、この前潰れた黒河先生の講習先だった病院が、実は瀬木谷の実家が経営する私立病院だったたってことは？」

「はあ⁉　なんだそりゃ」

が、その内容が内容だけに、池田も目を丸くする。

聞き耳を立てていた周囲の者たちも、思わず口元を押さえて目配せする。

「俺、副院長だけは絶対に敵にしたくないって思いました」

「――――…和泉《いずみ》の暗躍か。確かに、怖いわ」

どんどん肩が落ちる浅香と池田を尻目に、来生と清水谷はまだ何か真剣に話し合っている。

「池田先生、来生さん泣かせたら、永久失業かもしれないですから気をつけてくださいね」

「…っ、ああ」

よもや最愛のダーリンが、自分の知らないところで庇護者になっている和泉の存在に背筋をなぶられているとも気づかずに、

「それにしても、清水谷先生の彼氏さんも素敵な方ですよね。池田先生よりは大分華奢な方ですけど」

「ありがとう。でも、池田先生と比べたら、みんな華奢になっちゃいますよ。やだな、来生さんってば」

「あ、それもそうですね。ははっ♡　本当にラブラブなんだから」

あははははははははは――――と、無邪気な笑顔を振りまいて、新たに芽生えた清水谷との交流を深めていた。

おしまい♡

こんにちは。このたびは本書をお手に取っていただきまして、誠にありがとうございました。今回は池田《いけだ》です！　とうとう春が来たのです!!　自分的には池田に相応しいハニーちゃん、そしてお話が書けたかと思うのですが、いかがでしたでしょうか？

私は黒河《くろかわ》のようなタイプも大好きですが、池田のような武骨者も大好きです。担当さんは「全体的に地味になりませんかね？」と、そして水貴《みずき》先生には「いいんですか？　カッコよく描けませんよ～っ」と危惧されたのですが、「池田は地味じゃない。地に足がついてるだけ」「いえいえ、池田は十分カッコいいですよ!!　ビジュアル的にも絶対にいい!!」と主張。その想いが叶《かなう》ちゃんに乗り移って「先生。先生」言ってたのかもしれませんが、池田でなければ書けない、伝えられないこともあるかな…と思って、今回は書かせていただきました。この本を通して、アラサー男の迷いや優しさ、包容力を感じていただけたらな…と思います。

それでは、ここまで読んでくださって本当にありがとうございました。

また次の本でお会いできることを祈りつつ――――。

日向《ひゅうが》唯稀《ゆき》♡

http://www.h2.dion.ne.jp/~yuki-h

NOVELS
PURE SOUL
白衣の慟哭
日向唯稀
PRESENTED BY Yuki Hyuga
ILLUST 水貴はすの Hasuno Mizuki

CROSS NOVELS既刊好評発売中

花嫁の五年生存率は25%

―最期の瞬間まで愛している―

Light・Shadow ~白衣の花嫁~

日向唯稀

Illust 水貴はすの

「これまでに見てきたどんな花嫁より綺麗だ」

一度は余命三カ月と宣告されるも、九死に一生を得た優麗なる若社長・白石は、現在五年生存率25%という癌の再発防止治療の日々を送っている。不安にかられる白石を心身共に支えていたのは、二十年来の親友であり主治医でもある天才外科医・黒河。積み重ねた友情の上に実った愛は熱く甘く激しくて、すべてが光り輝いていた。が、そんな矢先に白石は、見知らぬ男に拉致監禁されてしまい!?

CROSSNOVELS好評配信中！

携帯電話でもクロスノベルスが読める。電子書籍好評配信中!!

いつでもどこでも、気軽にお楽しみください♪


QRコードで簡単アクセス！

PURE SOUL —白衣の慟哭—

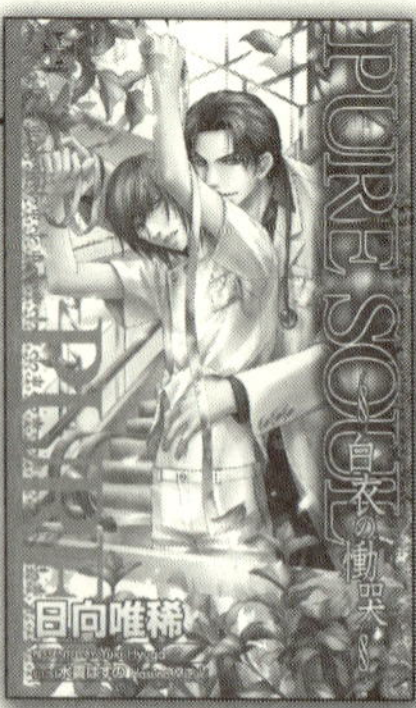

illust 水貴はすの

日向唯稀

この手が俺を狂わせる——

『お前の飢えは俺が満たしてやる』

叶わぬ恋を胸に秘めた看護師・浅香は、クラブで出会った極上な男・和泉に誘われ、淫欲に溺れた一夜を過ごす。最愛の人を彷彿とさせる男の硬質な指は、かりそめの愉悦を浅香に与えた。が、1カ月後——有能な外科医として浅香の前に現れた和泉は、唯一想い人に寄り添える職務を奪い、その肉体も奪った。怒りと屈辱に傷つく浅香だが、快楽の狭間に見る甘美な錯覚に次第に懐柔され……。

MARIA —白衣の純潔—

illust 水貴はすの

日向唯稀

どこまでも穢してやりたい

東都医大の医師・伊万里渉は、兄のように慕っていた朱雀流一に先立たれ、哀しみの中で黒衣を纏った。そんな渉の前に突然、流一の弟で極道に身を堕とした幼馴染み・駿介が姿を見せる。彼は、周囲から『流一の愛人』と囁かれていた渉を組屋敷へ攫い、「お前は俺のものだ。死んだ男のことなんて忘れさせてやる」と凌辱した。かつての面影を失くした漢から与えられる狂おしい快感。しかし、それは渉に悲痛な過去を思い出させて——!?

Light・Shadow —白衣の花嫁—

illust 水貴はすの

日向唯稀

五年生存率25%の花嫁

「これまでに見てきたどんな花嫁より綺麗だ」

一度は余命三カ月と宣告されるも、九死に一生を得た優麗なる若社長・白石は、現在五年生存率25%という癌の再発防止治療の日々を送っている。不安にかられる白石を心身共に支えていたのは、二十年来の親友であり主治医でもある天才外科医・黒河。積み重ねた友情の上に実った愛は熱く甘く激しくて、すべてが光り輝いていた。が、そんな矢先に白石は、見知らぬ男に拉致監禁されてしまい!?

CROSS NOVELSをお買い上げいただき
ありがとうございます。
この本を読んだご意見・ご感想をお寄せください。
〒110-8625
東京都台東区東上野2-8-7　笠倉出版社
CROSS NOVELS 編集部
「日向唯稀先生」係／「水貴はすの先生」係

CROSS NOVELS

Ecstasy ～白衣の情炎～

著者
日向唯稀

2010年3月23日　初版発行　検印廃止

発行者　笠倉嗣仁
発行所　株式会社　笠倉出版社
〒110-8625　東京都台東区東上野2-8-7　笠倉ビル
[営業]TEL　03-3847-1155
FAX　03-3847-1154
[編集]TEL　03-5828-1234
FAX　03-5828-8666
http://www.kasakura.co.jp/
振替口座　00130-9-75686
印刷　株式会社　光邦
装丁　團夢見(imagejack)
ISBN　978-4-7730-9990-4
Printed in Japan